AF196473

Tucholsky Wagner Zola Scott Sydow Freud Schlegel
Turgenev Wallace Fonatne
Twain Walther von der Vogelweide Fouqué Friedrich II. von Preußen
Weber Freiligrath Frey
Fechner Fichte Weiße Rose von Fallersleben Kant Ernst Richthofen Frommel
Hölderlin
Fehrs Engels Fielding Eichendorff Tacitus Dumas
Faber Flaubert
Maximilian I. von Habsburg Fock Eliasberg Zweig Ebner Eschenbach
Feuerbach Ewald Eliot Vergil
Goethe Elisabeth von Österreich London
Mendelssohn Balzac Shakespeare Rathenau Dostojewski Ganghofer
Trackl Stevenson Lichtenberg Doyle Gjellerup
Mommsen Tolstoi Hambruch Lenz Droste-Hülshoff
Thoma Hanrieder
Dach Verne von Arnim Hägele Hauff Humboldt
Karrillon Reuter Rousseau Hagen Hauptmann Gautier
Garschin Baudelaire
Damaschke Defoe Hebbel
Descartes Hegel Kussmaul Herder
Wolfram von Eschenbach Dickens Schopenhauer Rilke George
Bronner Darwin Melville Grimm Jerome Bebel Proust
Campe Horváth Aristoteles
Bismarck Vigny Barlach Voltaire Federer Herodot
Gengenbach Heine
Storm Casanova Tersteegen Gilm Grillparzer Georgy
Lessing Langbein Gryphius
Brentano Chamberlain
Strachwitz Claudius Schiller Lafontaine Kralik Iffland Sokrates
Katharina II. von Rußland Bellamy Schilling
Gerstäcker Raabe Gibbon Tschechow
Löns Hesse Hoffmann Gogol Wilde Gleim Vulpius
Luther Heym Hofmannsthal Klee Hölty Morgenstern
Roth Heyse Klopstock Kleist Goedicke
Luxemburg La Roche Puschkin Homer Mörike
Machiavelli Horaz Musil
Navarra Aurel Musset Kierkegaard Kraft Kraus
Nestroy Marie de France Lamprecht Kind Kirchhoff Hugo Moltke
Laotse Ipsen Liebknecht
Nietzsche Nansen Marx Lassalle Gorki Klett Ringelnatz
von Ossietzky May Leibniz
vom Stein Lawrence Irving
Petalozzi Platon Knigge
Sachs Pückler Michelangelo Kock Kafka
Poe Liebermann Korolenko
de Sade Praetorius Mistral Zetkin

Der Verlag tradition aus Hamburg veröffentlicht in der Reihe **TREDITION CLASSICS** Werke aus mehr als zwei Jahrtausenden. Diese waren zu einem Großteil vergriffen oder nur noch antiquarisch erhältlich.

Symbolfigur für **TREDITION CLASSICS** ist Johannes Gutenberg (1400 — 1468), der Erfinder des Buchdrucks mit Metalllettern und der Druckerpresse.

Mit der Buchreihe **TREDITION CLASSICS** verfolgt tradition das Ziel, tausende Klassiker der Weltliteratur verschiedener Sprachen wieder als gedruckte Bücher aufzulegen – und das weltweit!

Die Buchreihe dient zur Bewahrung der Literatur und Förderung der Kultur. Sie trägt so dazu bei, dass viele tausend Werke nicht in Vergessenheit geraten.

Die Hallbauerin

Jodocus Donatus Hubertus Temme

Impressum

Autor: Jodocus Donatus Hubertus Temme
Umschlagkonzept: toepferschumann, Berlin

Verlag: tredition GmbH, Hamburg
ISBN: 978-3-8424-9388-9
Printed in Germany

Ziel der TREDITION CLASSICS ist es, tausende deutsch- und
fremdsprachige Klassiker wieder in Buchform verfügbar zu
machen. Die Werke wurden eingescannt und digitalisiert. Dadurch
können etwaige Fehler nicht komplett ausgeschlossen werden.
Unsere Kooperationspartner und wir von tredition versuchen, die
Werke bestmöglich zu bearbeiten. Sollten Sie trotzdem einen Fehler
finden, bitten wir diesen zu entschuldigen. Die Rechtschreibung der
Originalausgabe wurde unverändert übernommen. Daher können
sich hinsichtlich der Schreibweise Widersprüche zu der heutigen
Rechtschreibung ergeben.

Jodocus Donatus Hubertus Temme

Die Hallbauerin

In dem früheren Fürstbistum Münster war, wie damals in fast allen deutschen Ländern, bis zu seiner Besitznahme durch Preußen im Jahre 1802 die Gerichtsbarkeit mit der Verwaltung verbunden. Der Richter hatte zugleich die Polizei, die Umlage und Erhebung der Steuern, Gewerke- und Gewerbesachen, kurz, fast alle jene Angelegenheiten zu besorgen, mit denen ein Land regiert zu werden pflegt. Indes regierte man freilich damals nicht den zehnten, vielleicht nicht den zwanzigsten Teil soviel wie heutzutage. Die Gerichte waren teils landesherrliche, teils städtische, teils adelige. Die letzteren, auf dem Lande die meisten, führten verschiedene Benennungen; die bedeutendsten hießen Gaugerichte oder, wie im Münsterland der Name gebräuchlich war, Gogerichte. Der Richter, der sie verwaltete, hieß Gaugraf, Gograf, auch plattdeutsch Gogreve. Der münstersche Adel gehört wie zu dem ältesten, so auch zu dem reichsten und angesehensten Adel Deutschlands. Das Gogericht manches Freiherrn erstreckte sich über ein Gebiet von vielen tausend Einwohnern. Der Gograf, der ihm vorstand, der es verwaltete, war, zumal da er neben der Rechtspflege auch alle jene anderen obrigkeitlichen Funktionen und Rechte auszuüben hatte, ein angesehener Mann. Er verwaltete oder eigentlich regierte, namentlich da, wo der Gerichtsherr nicht zu Hause war, wie ein unumschränkter Herr. Manchmal auch, wenn der Gerichtsherr da war; denn der Gograf war fest, auf Lebenszeit, unter Genehmigung und Garantie des Landesherrn, des Fürstbischofs, angestellt. Er übte unmittelbar die Gewalt aus; er war ein wissenschaftlich gebildeter Mann. Der freiherrliche Gerichtsherr dagegen, der auf seinem Gute saß, hatte in der Regel, außer in den noblen Passionen, eben keine große Ausbildung erhalten und selten auch die Lust, sich um andere Angelegenheiten zu bekümmern, zumal um Beschwerden seiner Bauern und sonstigen Hintersassen über die Gografen. Dazu kam, daß im Laufe der Zeiten manche Gografschaft erblich geworden war. Der älteste oder sonst am nächsten befähigte Sohn des Gografen hatte studieren müssen, er war nach Beendigung seiner Studien dem Vater adjunktiert worden und trat nach dessen Tod ganz in das Amt ein. So waren Amt und Familie manchmal seit Jahrhunderten miteinander verwachsen. Man wußte gar nicht mehr, daß es jemals anders gewesen ist; man konnte sich nicht denken, daß es jemals anders werden könne.

Zu den bedeutendsten Gogerichten des Münsterlandes gehörte das zu Sanden. Ich glaube nicht, daß meine Leser den Ort in einer Geographie oder auf einer Landkarte noch antreffen werden; einen Grund wüßte ich ihnen wahrhaftig nicht dafür anzugeben, wenn sie ihn nicht eben in der nachfolgenden Tatsache finden wollen.

Vorstand des Gogerichts zu Sanden war in den achtziger Jahren des vorigen Jahrhunderts der Gograf Schirmer. Er war ein sehr strenger, aber auch ebenso gerechter Mann. Er war wegen seiner Strenge ebensosehr gefürchtet als wegen seiner Gerechtigkeit allgemein geachtet. Er konnte als unumschränkter Herr in der Gaugrafschaft, in »seinem Gogericht«, sein, und er war es; denn der Gerichtsherr war seit Menschengedenken nicht in der Heimat gewesen. Das Gericht gehörte einem Zweige der alten münsterschen freiherrlichen Familie von Droste an, der schon seit mehreren Generationen in Österreich lebte; der gegenwärtige Freiherr war österreichischer Gesandter in Neapel. Der Gograf Schirmer regierte in solcher Weise gleich einem absoluten Landesherrn. Aber es gab in dem ganzen Gogerichte keinen Menschen, der sich über irgendeinen unberechtigten Eingriff, über irgendeine Eigenmacht von seiner Seite beklagen konnte. Über Härte glaubte wohl mancher klagen zu können; aber wenn er seine Beschwerde einem Unparteiischen oder Unbefangenen vortrug, so wurde es diesem leicht, ihn zu überzeugen, daß der Gograf zwar nach der Strenge der Gesetze, aber auch nur nach dieser verfahren habe. Der Gograf Schirmer gehörte zu denjenigen Beamten, die das Amt von ihren Vorfahren ererbt hatten. Sein Vater war Gograf zu Sanden gewesen, sein Großvater war es gewesen, sein Urgroßvater und so weiter, soweit die Archive des Gogerichts reichten. Er selbst sollte indes das Amt nicht vererben, er hatte keinen Sohn.

Er war verheiratet, ob glücklich oder nicht glücklich, das war eine nicht wohl zu lösende Frage. Er zählte schon einige dreißig Jahre, als er zur Ehe schritt. Früh seinem etwas kränklichen Vater adjunktiert, dann selbständiger Verwalter des Amtes, war er immer vollauf mit Geschäften beladen gewesen, und er hatte kaum Zeit gehabt, an das Heiraten zu denken. Auch keine rechte Gelegenheit, denn zu den freiherrlichen Töchtern, die in der Gegend lebten, durfte der freiherrliche Beamte seine Augen nicht erheben, und andere junge »Frauenzimmer« der Umgegend standen zu tief unter ihm. Damals hatte die Französische Revolution noch nicht nivelliert, und man hatte noch sehr strenge Begriffe und Urteile über Mißheiraten. Da hatte er zu einer Zeit eine Geschäftsreise nach Münster zu machen und dort mehrere Wochen sich aufhalten müssen. Seine Geschäfte betrugen Geldangelegenheiten seines Gerichtsherrn, des österreichischen Gesandten in Neapel. Sie brachten ihn mit den ersten Rentiers und Bankiers Münsters zusammen, und diese brachten ihn wieder in die ersten Gesellschaften Münsters, freilich nur in die ersten bürgerlichen. Denn, wie gesagt, es fehlte damals noch das Nivellement der Französischen Revolution, und der münstersche Adel war auch äußerlich, auch durch seinen Umgang, auf das strengste kastenmäßig von den Bürgern geschieden. Selbst nur eine annähernde Vermischung beider Stände durch die höchsten Spitzen des einen und etwaige untere Sprossen des anderen wäre zu jener Zeit ebensowohl eine soziale als selbst politische Unmöglichkeit gewesen. In Münster konzentrierte sich damals mehr als zu anderer Zeit der Adel des Landes. Es hatte dort der Fürstbischof seine Residenz. Die Fürstbischöfe Münsters waren gerade in jener Zeit österreichische Erzherzöge. Das alles hatte großen Reichtum und auch großen Aufwand nach Münster gezogen, nicht bloß in die adeligen, auch in die bürgerlichen Kreise und Gesellschaften.

In diese bürgerlichen Gesellschaften der Hauptstadt des Landes wurde der Gograf Schirmer eingeführt. Er war ein sehr wohlgestalter Mann in der vollen Blüte und Kraft des männlichen Alters. Er wußte sich mit sicherer, selbst feiner Sitte zu benehmen. Den tüchtigen, gewandten Juristen und Geschäftsmann hatte der in der Umgegend von Sanden wohnende Adel oft zu Rat und Tat in Anspruch genommen. Er war bei solchen Gelegenheiten zu der adeligen Tafel gezogen; selbst bei der gnädigen Frau zum Tee war er manchmal, wie man jetzt an den Höfen sagt, befohlen worden. Zu dem allen war er ein sehr wohlhabender, gar ein reicher Mann; seine Vorfahren waren nicht umsonst ein paar hundert Jahre lang Gografen zu Sanden gewesen.

Die jungen Damen der Gesellschaft – in der Hauptstadt hießen sie damals schon Damen – behandelten ihn begreiflich mit großer Aufmerksamkeit. Unter ihnen zeichneten sich und zeichneten ihn besonders die Töchter eines reichen Bankiers aus, der zugleich den Titel eines hochfürstlichen Geheimrats führte. Thresette Lindemann war zwar nicht mehr ganz jung, sie zählte sechs-, siebenundzwanzig Jahre. Aber sie war eine Schönheit, und sie hatte ihre Schönheit sehr zu konservieren gewußt. Es war ihr in ihren noch jüngeren Jahren viel der Hof gemacht von jungen Domherren in Münster und von jungen, namentlich preußischen Lieutnants in den Bädern von Pyrmont und Hofgeismar. Allein, ist es eine Schuld einer jungen und schönen Dame, wenn ihr der Hof gemacht wird? Und weiter wußte man zuletzt der schönen Dame nichts nachzusagen. Wohl aber war sie die Zierde, und zwar die liebenswürdigste Zierde, der Zirkel Münsters.

Der Gograf Schirmer konnte der Auszeichnung der ersten Dame des bürgerlichen Münsters nicht widerstehen. Er zeichnete bald auch sie aus. Nach einem halben Jahre war die schöne Thresette Lindemann Frau Gogräfin Schirmer.

Freilich hieß es einige Zeit nachher, der Geheime Rat Lindemann habe in der letzteren Zeit bedeutende Verluste gehabt, und er mußte sich sehr zurückziehen. Als er ein paar Jahre nachher starb, fand sich, daß er arm gestorben war; aber das war ein Unglück, für das die schöne Thresette Lindemann nicht konnte. Freilich ließ die Frau Gogräfin sich dadurch nicht abhalten, jeden Sommer in die Bäder zu gehen und jeden Winter ein paar Monate Gesellschaften, Konzerte und Maskenbälle in Münster mitzumachen; aber ihr Mann war ja ein reicher Mann, und seine Zinsen und sein Amtseinkommen wurde durch solche Reisen und Vergnügungen und den Putz und anderen Aufwand, den sie erforderten, noch lange nicht aufgezehrt. Zwar war auch die junge Frau in den Bädern wie in Münster immer von einem großen Schwarm von Anbetern umgeben, und im Frühjahr und im Herbste kamen, anfangs nach und nach, später regelmäßig, Husarenlieutnants und Domherren nach Sanden geritten und gefahren, bloß um der Frau Gogräfin ihre Verehrung zu bezeigen und ihr die Zeit des einsamen Landlebens zu verkürzen. Allein, ist es denn etwas Unnatürliches, oder muß man gerade etwas Schlimmes dabei denken oder sofort Vorwürfe bei der Hand haben, wenn eine junge, schöne und liebenswürdige Frau jung, schön und liebenswürdig gefunden wird? Blieb sie dieses alles doch auch für ihren Mann. Und im übrigen war der Gograf weder durch die Reisen noch durch die Besuche viel geniert; denn daß er seinen Geschäften sich entziehe, verlangte seine Frau durchaus nicht. Und der Geschäfte hatte er eine solche Menge, daß er vom Morgen bis zum Abend hinlänglich damit zu tun hatte, und er nahm sich ihrer mit einem solchen Eifer an, daß man meinen konnte, er habe für nichts anderes Sinn mehr als für seine Geschäfte, und daß er zuletzt in der Tat für nichts anderes Sinn mehr hatte.

So führten die beiden Eheleute nicht nur ein recht regelmäßiges, sondern auch für beide Teile recht angenehmes und jedenfalls durchaus friedliches Leben miteinander. Und dieses Leben beschränkte sich nicht etwa auf die erste Zeit ihrer Ehe, solange die Frau Gogräfin noch eine junge Frau war, sondern es erhielt sich auch bis in spätere Zeit, ja, es bestand noch, als die Frau Gogräfin bereits zwei- oder dreiundfünfzig und der Gograf mithin ein- bis zweiundsechzig Jahre zählte. Das hatte aber folgenden Grund: Die Frau Gogräfin hatte ihrem Mann, wenn auch keinen Sohn, doch schon gleich in den ersten Jahren ihrer Ehe zwei Töchter geschenkt, die zu ebenso schönen und liebenswürdigen Damen heranwuchsen, wie ihre Mutter war. Indem nun zugleich die Mutter, wenn eben nicht immer jung, doch schön und liebenswürdig geblieben war, bis die Töchter in solcher Weise herangewachsen waren, so wurde auch das Anbeten sowohl in den Bädern, in den Gesellschaften und auf den Bällen Münsters als auch auf dem Amthause zu Sanden nicht im geringsten unterbrochen. Und die Zahl der Anbeter nahm nicht etwa ab, nahm vielmehr zu, indem zu den älter gewordenen Domherren und zu Rittmeistern, Majoren oder gar Obersten avancierten Lieutnants wieder jüngere Domherren und neue Lieutnants hinzukamen – und andererseits der Gegenstand ihrer Anbetung nicht bloß die schöne Frau, sondern auch neben ihr ihre schönen Töchter waren.

Nur seit einiger Zeit waren auf einmal die Anbeter ausgeblieben, sowohl für die Mutter als für die Töchter. Das mußte seine besonderen Ursachen haben, über die man freilich nicht viel erfahren konnte, vielleicht aber desto mehr sprach. Die Mutter hatte mit den Töchtern sich im vorletzten Winter ungewöhnlich lange in Münster aufgehalten. Es war dann im Frühjahr ein ungewöhnlich reges Leben in Sanden gewesen, nicht bloß bei Tage, denn bis tief in die lauen und duftigen Mainächte hinein hatte man in dem großen Amtshausgarten und selbst in dem daranstoßenden und größeren Park des freiherrlichen Schlosses Musik und Gesang, Tanz und Gelächter gehört, und manche Leute wollten auch leises Seufzen und Liebesgeflüster vernommen haben. Das dauerte, bis man im Sommer nach Pyrmont aufbrach. Nach Beendigung der Badesaison war noch eine Reise gemacht. Im Herbst erst war man nach Sanden zurückgekehrt. Aber die Rückkehr war nicht völlig so lustig wie die Abreise gewesen. Marianne, die jüngste Tochter, kam krank heim und ließ sich im eigentlichen Sinne des Wortes außer in ihrer Stube gar nicht mehr sehen. Mit ihrer Gesundheit fehlte auch die Zahl der Anbeter, die auf ihren Anteil kamen. Die Mutter war fortwährend verstimmt, unruhig, manchmal wie von einer inneren großen Angst; aufgejagt, auch von ihren Anbetern fehlten deshalb mehrere. Ludmilla die älteste Tochter, blühte zwar noch voll in ihrer Schönheit und in ihrem Antlitze, aber sie hatte einen anderen, zuletzt noch weit größeren Fehler heimgebracht als Mutter und Schwester. Sie legte nämlich sehr deutlich an den Tag, daß aus dem bisherigen Spielen ein Ernst werden, daß einer von ihren Anbetern sie heiraten müsse; sie wollte gnädige Frau werden. Das entfernte ihre Anbeter noch mehr.

Nur die frivolsten blieben. Und auch für diese war bald kein Bleibens mehr, und in dem Amtshause zu Sanden, in dem schönen Amtsgarten und in dem freiherrlichen Parke wurde gar keine laute Fröhlichkeit und noch weniger leises Liebesgeflüster gehört. Das aber hatte folgenden Grund:

Zu Schloß und Amt Sanden gehört das Dorf Sanden. In dem Dorfe Sanden wohnte ein alter Musikus, Hallbauer mit Namen. Er hatte – denn er war jetzt Invalide – viele Instrumente gespielt, vorzüglich aber die Trompete; er hieß daher unter den Leuten der alte Trompeter. Musikanten erwerben gewöhnlich nicht viel oder können selten das Erworbene zusammenhalten. So war es auch dem alten Trompeter ergangen. Er besaß zwar, von seinem Vater ererbt, ein eigenes Haus mit einem Gärtchen dabei, aber außerdem blutwenig. Doch hatte er eine sehr schöne Tochter, und in Köln am Rheine lebte von ihm eine Schwester, der es dort gut ging und die ihn unterstützte. Diese nahm auch seine schöne Tochter Anna zu sich, als das Mädchen siebzehn Jahre alt war, um sie etwas Ordentliches lernen zu lassen, Nähen und Schneidern, daß sie künftig ihr Brot sich selber verdienen könne. Nachdem die Tochter vier Jahre fort gewesen war, wurde der alte Trompeter blind und überhaupt körperlich sehr hinfällig. Das war der Tochter nach Köln am Rheine gemeldet, und eines Tages erschien im väterlichen Hause zu Sanden Anna Hall-bauer, um bei ihrem alten, elenden Vater zu bleiben und ihn zu hegen und zu pflegen. Sie tat das mit der hingebendsten, treuesten kindlichen Liebe. Wenngleich sie nun schon darum ein sehr einge-zogenes Leben führte und außer ihrem Hause und Garten fast nur in der Kirche, und zwar nur in der wenig besuchten Frühmesse, gesehen wurde, so hatte sie nicht vermeiden können, die besondere Aufmerksamkeit gewisser Personen auf sich zu ziehen.

Haus und Garten des Musikus Hallbauer lagen dicht hinter dem großen Garten des Amtshauses, in welchem der Gograf Schirmer mit seiner Familie wohnte. Jener kleine und dieser große Garten waren nur durch einen schmalen Wiesenraum voneinander ge-trennt. Anna Hallbauer war in demselben Herbst in das väterliche Haus zurückgekehrt, in welchem Frau und Töchter des Gografen teils verstimmt, teils krank, teils sonst unliebenswürdig, aber immer noch mit einigen Anbetern zurückgekommen waren. Diese letzte-ren hatten auf ihren Promenaden in dem Amtshausgarten nebenan in dem kleinen Trompetergärtchen die Musikantentochter gesehen, wenn sie die Weintrauben für ihren Vater oder eine Aster für sich pflückte. Anna Hallbauer war ein sehr schönes Mädchen, schöner als die schöne Gogräfin und ihre beiden Töchter zusammen; denn sie hatte vor diesen zugleich etwas voraus, was ihr, vielleicht selbst in den Augen frivoler Husaren – und anderer Lieutnants, einen ganz besonderen Reiz verleihen mußte: Ihr ganzes Wesen war mit der liebenswürdigsten, anspruchslosesten Sanftmut und Sittsamkeit wie übergossen. Dem bloßen Sehen der Herren waren bald sehn-süchtige, dann dreistere, darauf dringende Blicke gefolgt und, als nun trotzdem diese alle nicht erwidert, nicht einmal beachtet wurden, endlich verstohlenes Einschleichen in den kleinen Garten, verstohlen freilich bloß gegenüber den Bewohnern des Amtshauses. Die Musikantentochter war nur eine Landschöne. Sie war zwar längere Zeit in einer großen Stadt gewesen, und sie kam mit dem vollen Anstande und in der geschmackvollen Kleidung einer Großstädterin zurück, aber die große Stadt war das gerade damals sehr unheilige heilige Köln. Und warum kehrte das Landmädchen mit solchem Anstande und so aufgeputzt wie eine Stadtmamsell auf das Land in das arme väterliche Haus zurück? Anna Hallbauer hatte die Eindringlichen entschieden zurückgewiesen, sie hatte mit ihrem Vater, mit dem Amtshause gedroht. Allein das half nur für den Augenblick; das Landmädchen hatte es mit vornehmen Herren zu tun. Eines Tages indes sollte ihre Drohung mit Vater und Amtshaus zu gleicher Zeit erfüllt werden.

Es war ein heller Herbsttag. Anna hatte ihren Vater in das Gärtchen geführt; er saß in der Sonne hinter einem dichten Rebengeländer. An der anderen Seite des Geländers stand sie, nach ihren Herbstblumen zu sehen. Von drüben her aus dem Amtsgarten hatte sie einer der Offiziere vom Amtshause gesehen, er hatte aber auch nur sie, nicht den Vater gesehen. Gewandt und leise hatte er Hecken und Zäune übersprungen, und ehe das Mädchen nur seine Nähe ahnte, stand er vor ihr. Sie erschrak und wollte fliehen; er hielt sie zärtlich fest. Aber das alles hörte der blinde Musikant auf der anderen Seite, und der grobe Trompeter rief sehr zornig und laut dem Husaren zu, er solle sich augenblicklich wieder hinscheren, woher er gekommen sei, dort, auf dem Amtshause, habe er ja Liebeleien genug. In dem Amtsgarten war unbemerkt hinter ihm hergekommen die schöne Gografentochter Ludmilla. Sie hatte seine Sprünge über Zäune und Hecken bemerkt; sie war ihm bis an die Grenze des Amtsgartens gefolgt und hatte die groben Worte des Trompeters gehört. Um ihr Unglück, aber auch ihren Zorn, ihre Wut voll zu machen, war gerade dieser Offizier ihr treuester Anbeter und derjenige, auf den sie die festesten Heiratshoffnungen gesetzt hatte. Der arme Mensch kam bei seiner Rückkehr aus dem Trompeter- in den Amtsgarten aus dem Regen unter die Traufe. Genau bekannt wurde nicht, was zwischen ihm und der Dame vorgefallen war. Genau bekannt wurde auch nicht, was er darauf mit den anderen fremden Herren verhandelt haben mochte, die sich mit ihm im Amtshause auf Anbetung noch befanden. Aber er reiste noch denselben Abend ab und mit ihm seine näheren Bekannten. In den nächsten zwei Tagen folgten ihm die sämtlichen übrigen.

So war das Amtshaus zu Sanden auf einmal sehr leer und still geworden. Die arme Marianne blieb krank und ließ sich nach wie vor nicht sehen. Die Mutter und Ludmilla wurden immer verstimmter; die Mutter zugleich immer unruhiger, als wenn sie irgendein großes Unglück zu befürchten habe. Unter solchen Umständen ging sie, als der Winter kam, nicht einmal nach Münster, das erstemal nicht seit mehr als fünfundzwanzig Jahren.

Auch Ludmilla ging daher nicht hin, von der kranken Marianne verstand es sich von selbst.

Das war ein trauriger Winter in dem Amtshause zu Sanden.

Der alte Gograf nur wurde ihn nicht gewahr. Er lebte schon lange einzig und allein für seine Geschäfte.

Der traurige Winter war vorüber. Ein nicht besseres Frühjahr war ihm gefolgt; es nahte sich gleichfalls seinem Ende. Dieses Ende sollte eine Veränderung für die Familie Schirmer bringen.

Es war an einem Nachmittage zu Ende des Monats Mai. Der Gograf Schirmer hatte wie gewöhnlich bis Mittag in der Amtsstube gearbeitet. Mit dem Glockenschlage zwölf war er nach Hause gekommen; die Amtsstube befand sich in einem Nebengebäude des Amtshauses. Das Mittagessen hatte schon bereitgestanden; er hatte es mit seiner Frau und Ludmilla – Marianne lag wie immer krank in ihrer Stube – verzehrt, er hatte dann seinen Mittagsschlaf gehalten und war wieder mit Frau und Tochter in dem Familienzimmer, um den Kaffee einzunehmen.

Der Gograf, obwohl schon im Anfange der sechziger Jahre, war noch ein sehr rüstiger, kräftiger Mann. Er war groß und stark gebaut und hielt sich noch völlig gerade; sein Haar fing kaum an, in den Spitzen sich etwas grau zu färben. Die Züge seines etwas starkknochigen Gesichts zeigten eine gewisse Strenge, wohl eigentlich nur die Gewohnheit der Strenge, denn im tieferen Grunde bemerkte man sogar den Ausdruck von Gutmütigkeit. Er schien zu denjenigen Beamten zu gehören, die von Natur sogar mild sind, aber keine Pflicht und in ihrer Pflichttreue zuletzt dann keine andere Gewohnheit mehr kennen, als die volle Strenge des Gesetzes zu vertreten. Daher sind sie dann aber auch oft außer ihrem Amte desto nachgiebiger, oft gerade am meisten in ihrer Familie.

Wie der Gograf seine Rüstigkeit, so hatte die Gräfin noch immer ihre Schönheit bewahrt. Ihre Taille war fein, ihre Gesichtszüge waren regelmäßig, ihr Teint war rein und durchsichtig geblieben, ihre Zähne waren vollständig und blendend weiß. Sie war vielleicht ein wenig zu mager geworden, und ihr Blick war zu leidend sehnsüchtig. Aber das war keine Magerkeit und leidende Sehnsucht, die nach dem Genüsse der Freuden des Lebens zum Himmel hindeuten, man glaubte vielmehr eine neue Sehnsucht gerade nach jenen Freuden des Lebens zu gewahren, und das gab, man kann es nicht leugnen, der schön gebliebenen Frau einen Reiz.

Ludmilla war so schön und so reizend, daß man, wenn man angesichts ihrer frischen Schönheit solche Betrachtungen hätte anstellen mögen, sich sagen mußte, im Alter der Mutter werde sie vielleicht noch schöner sein als diese jetzt.

Der Gograf rauchte bei seiner Tasse Kaffee. Ludmilla las in einem Roman. Die Gogräfin war in Nachsinnen versunken. Sie mußte etwas auf dem Herzen haben. Ludmilla schien dies übrigens zu wissen, denn sie sah von ihrem Buche manchmal nach der Mutter hin, als wenn sie diese fragen wolle, ob es denn noch nicht bald Zeit sei.

Es war Zeit.

»Lieber Schirmer«, hob die Gogräfin zu ihrem Manne an, »Mariannens Zustand will sich noch immer nicht bessern.« »Leider nicht«, erwiderte der Gograf, »was ist das nur mit dem Kinde?«

»Ich begreife es auch nicht. Weiß doch selbst der Amtsphysikus nicht, was er daraus machen soll. Aber anders muß es mit ihr werden.«

»Das muß es.«

»Ich hatte schon daran gedacht, den Medizinalrat aus Münster kommen zu lassen; allein, er ist doch ein zu alter Mann. Die jungen Ärzte dort haben noch keine Erfahrung. Es wird daher nichts übrigbleiben, als daß ich diesen Sommer dem Kinde das Opfer einer Badereise bringe.«

Der Gograf sah seine Frau eigentümlich fragend an.

Sie fuhr schnell fort: »Nicht nach Pyrmont oder Hofgeismar. Ich wollte mit ihr nach Ems gehen. Der Aufenthalt soll dort traurig sein, denn das Bad ist nicht in Aufnahme, aber nach allem, was ich darüber gehört und gelesen habe, paßt es für den Zustand Mariannens, und der dortige Brunnenarzt ist als einer der ausgezeichnetsten Ärzte bekannt.«

Der Gograf sah seine Frau wieder an; diesmal etwas mißtrauisch und daher nur von der Seite. Er fand in der Tat keinen Hintergedanken in ihrem Auge.

»Du meinst also wirklich, Thresette?«

»Wenn du nichts dagegen hättest!«

»Wie könnte ich für das Wohl unseres Kindes!«

»Ludmilla begleitet uns natürlich?«

»Ich habe nichts dagegen.«

»Und wann könnten wir abreisen? Ich fürchte, wir haben schon zu lange gezögert.«

»Ich habe nichts dagegen, daß ihr abreist, sobald ihr alle Eure Anstalten getroffen habt.«

»Deren sind nicht viele, zumal da es sich ja nur um die Genesung der Kranken handelt.«

»Desto besser.«

»Also vielleicht schon in der nächsten Woche, wenn du nicht etwas anderes bestimmen möchtest?«

Der Gograf wollte antworten, als rasch und laut an die Türe geklopft wurde. Ein Untervogt des Gerichts trat in das Zimmer. Der Mann trat mit einem wichtigen, etwas feierlichen und doch auch wieder etwas verstörten Gesicht ein.

»Herr Gograf«, begann er, »da ist soeben eine große, schreckliche Entdeckung gemacht worden.«

»Sofort heraus damit, Vogt, ich liebe die Umwege nicht.«

»In dem Teiche hinter dem herrschaftlichen Parke, Sie wissen, Herr Gograf, gerade an dem kleinen Tannenwäldchen, hat man die Leiche eines neugeborenen Kindes gefunden.« »Was? Was?« rief der Gograf, in seinem Diensteifer aufspringend.

Ludmillas bemächtigte sich ein natürliches Entsetzen, sie mußte ihr Buch auf die Seite legen.

Die Gogräfin war leichenblaß geworden. Sie wollte, wie um ihre Blässe zu verbergen, eine Tasse Kaffee zum Munde führen; aber ihre Hände zitterten so heftig, daß sie die Tasse nicht aufheben konnte.

Der Gograf in seinem Eifer und Ludmilla in ihrem Entsetzen hatten die Angst der Frau nicht bemerkt.

»Ein Kindermord?« rief der Gograf. »Das ist unerhört im Gogericht. Davon hat man seit Menschengedenken nicht gehört. Und nun gar hier in Sanden selbst! Berichtet das Nähere, Vogt.«

Der Vogt berichtete das Nähere. Es bestand nur in wenigem: Hinter dem freiherrlichen, an dem Schlosse gelegenen Park befand sich ein kleines Tannenwäldchen; hinter dem Tannenwäldchen lag ein Teich von mäßigem Umfange, auf allen Seiten mit dichtem, aber niedrigem Gebüsch umgeben. Der Teich war früher der herrschaftliche Fischteich gewesen,, seitdem aber die Herrschaft abwesend war, schon seit mindestens zwei Menschenaltern nicht mehr benutzt worden, weder als Fischteich noch zu einem anderen Zwecke. Er lag daher, zumal in einer einsamen Gegend, wohin selten jemand kam, völlig vernachlässigt und wüst. Sein Wasser war schlammig und wegen des üppig darin wuchernden und hoch daraus hervorragenden Schilfes kaum zu sehen; an seinen Ufern wuchs das Gebüsch wild und undurchdringlich. Es war selten, daß jemand sich ihm nahte; vielleicht kamen des Jahres kaum drei oder vier Menschen in seine Nähe. An dem Tage, an welchem der Untervogt dem Gografen seinen Bericht abstattete, waren zufällig einige Knaben in das dichte Gebüsch gegangen, um nach späten Vogelnestern zu suchen. Sie hatten dabei auf dem Wasser zwischen dem Schilfe das Pfeifen von Wasserhühnern gehört; neugierig hatten sie durch das Gebüsch sich hindurchgedrängt bis unmittelbar an das Wasser. Als sie dieses erreicht, hatten sie nicht weit von sich in dem Schilfe etwas gesehen, was ihnen wie eine Kindeshand vorgekommen war. Sie hatten sich näher herangemacht und die nackte Leiche eines kleinen Kindes entdeckt.

Erschrocken waren sie fortgelaufen. Zufällig hatten sie in der Nähe den Vogt getroffen, sie hatten ihm Anzeige von ihrer Entdeckung gemacht, und er hatte sich von ihnen zu dem Teiche führen lassen. Er hatte gefunden, was sie ihm mitgeteilt, die Leiche eines neugeborenen Kindes, männlichen Geschlechts, völlig nackt.

Der Gograf hatte den Bericht mit dem Eifer, aber auch mit der Ruhe des Dienstes, namentlich als besonnener Kriminalbeamter, angehört.

»Habt Ihr Spuren einer Verletzung an der Leiche entdeckt?« fragte er den Vogt.

»Eine Wunde zwar nicht, Herr Gograf; um den Hals des Kindes war aber noch ein starker Bindfaden befestigt.«

»Hatte die Leiche schon lange im Wasser gelegen?«

»Sie war schon stark in Fäulnis. Sie kann immer schon ein halbes Jahr dagelegen haben.«

»Wo habt Ihr die Leiche gelassen?«

»Ich habe sie an das Ufer des Teiches gelegt und Wache dabei gestellt, um unterdes hier die Anzeige zu machen.«

»Ihr habt recht gehandelt, Vogt. Kamen Leute herbei?«

»So ziemlich. Die Knaben hatten die Sache im Dorfe bekanntgemacht.«

»Was sagten die Leute? Auf wen rieten sie?«

»Man riet hin und her.«

»Sprach man Namen aus? Der erste Laut der Volksstimme bei einer solchen Begebenheit ist ganz besonders zu beachten.«

»Man nannte nur *einen* Namen, Herr Gograf. Es war auch nur einer, der ihn aussprach, und auch keiner von den anderen wollte etwas davon wissen.«

»Nun, welcher Name wurde genannt?«

»Die Trompeterstochter …«

»Hm, hm«, sagte der Gograf.

Die leichenblasse Gogräfin aber war aufgesprungen.

»Nein«, sagte sie hastig, »hütet euch vor einem ungerechten Verdacht.« Ruhiger fügte sie hinzu: »Es ist unrecht von den Leuten, so ohne allen Beweis den Namen eines unbescholtenen Mädchens auszusprechen.«

Auch Ludmilla war aufgestanden.

»Unbescholten nennst du die Person, Mutter?« sagte sie scharf. »Ein Frauenzimmer, das ohne Mutter lebt und junge Männer bei sich aufnimmt.«

»Hast du Beweise?« fragte die Mutter beinahe gereizt.

»Durften nicht die Offiziere ungeniert zu ihr in den Garten kommen?«

Der Gograf brach das Gespräch zwischen Mutter und Tochter ab.

»Nur einer, Vogt«, wandte er sich an diesen, »sprach von dem Mädchen? Wer war es?«

»Der Stellmacher Knübbel.«

»Redete er von Beweisen?«

»Er meinte, er könne mancherlei sagen.«

»Vogt«, befahl der Graf, »holt sofort den Gerichtsschreiber und zwei Schöffen auf das Amt, bestellt zugleich den Amtsarzt und den Amtsphysikus dahin und wartet Ihr dann ebenfalls dort. In einer halben Stunde werde ich dasein, um mich mit dem Gerichtspersonal an Ort und Stelle zu begeben und das Weitere zu veranlassen. Den Stellmacher Knübbel laßt sogleich hierher zu mir kommen.«

Der Vogt ging.

Der Gograf maß mit großen Schritten das Zimmer; er machte schon seinen Inquirentenplan. Wenn auch seit Menschengedenken das Verbrechen eines Kindesmordes in seinem Gerichtsbezirke nicht verübt worden, so waren darin doch manche andere, mitunter auch schwere Verbrechen vorgekommen, und der Gograf hatte sich durch deren Untersuchung, durch Ermittlung des Tatbestandes wie durch Überführung der Täter im ganzen Münsterlande den Ruf eines sehr tüchtigen und gewandten Inquirenten, zugleich aber auch eines zwar strengen, aber stets besonnenen, gemäßigten und, soweit die Gesetze es gestatteten, selbst humanen Mannes erworben.

Seine Frau unterbrach sein Nachdenken und seine Pläne. »Schirmer«, sagte sie mit einer Aufregung, die sie nicht ganz zu unterdrücken vermochte, »du wirst in einer so wichtigen, schweren Angelegenheit nicht bloßen Gerüchten vertrauen, nicht wahr?«

»Gewiß nicht, Thresette«, antwortete der Gograf. »Darum eben habe ich den Knübbel zuerst hierher bestellen lassen. Ich will ihn allein, ohne Einmischung des Gerichts, befragen.«

»Er wird gewiß nichts gegen das Mädchen vorbringen können.«

»Ich hoffe es; sie pflegt ihren Vater mit treuer, kindlicher Liebe.«

Ludmilla zuckte etwas höhnisch die Achseln.

Die Mutter sah es.

»Ludmilla«, sagte sie zu der Tochter, »gehe zu Mariannen und trage Sorge, daß sie nicht das geringste von der Sache erfahre. Sie ist so reizbar, ihr ganzes Nervensystem ist so krankhaft erregt, daß diese schreckliche Nachricht, die uns Gesunde schon so sehr angegriffen hat, den nachteiligsten Einfluß auf sie ausüben müßte.«

Die Tochter ging.

»Schirmer«, sagte, als sie fort war, die Frau zu ihrem Manne, »diese unglückliche Geschichte veranlaßt mich zu einer Bitte an dich. Ich fürchte in der Tat für Mariannen, wenn sie davon erführe. Wirst du nichts dagegen erinnern, wenn wir noch in dieser Woche abreisen?«

»Im Gegenteil, Thresette«, antwortete der Gograf, »ich teile ganz deine Befürchtung.«

Auch die Gogräfin verließ das Zimmer.

Einige Augenblicke später trat in dieses der Stellmacher Knübbel. Er hatte das Aussehen eines schlichten, ehrlichen Landhandwerkers. So bewies er sich auch.

»Knübbel«, redete ihn der Graf an, »Ihr habt die Leiche des Kindes gesehen?«

»Ja, Herr Gograf.«

»Haltet Ihr dafür, daß ein Mord begangen ist?«

»Die Schnur lag noch um den Hals, Herr Gograf.«

»Habt Ihr Verdacht auf jemanden?«

»Ehrlich gesagt, nein, Herr Gograf.«

»Knübbel, Ihr habt einen Namen genannt.«

»Herr Gograf«, sagte der Mann mit Wärme und mit Zeichen der Reue, »ich hatte in dem ersten Augenblicke, in dem ersten Schrecken zuviel gesagt. Vergeben Sie es mir. Man kann sich leicht einmal vergessen. Ich weiß nichts, gar nichts gegen das Mädchen.«

»Ihr meint doch die Tochter des Musikus Hallbauer?«

»Die nämliche. Ich weiß wahrhaftig nichts von ihr.«

»Wie war Euch denn ihr Name über die Lippen gekommen?«

»Ich hatte einmal gehört, daß sie in Köln einen Bräutigam habe, der bald kommen werde, sie abzuholen. Er sollte schon im Winter kommen, wie die Leute sagten, ist aber immer ausgeblieben, hat nichts von sich hören lassen, soviel man weiß, und da kam mir denn in dem ersten Schreck der dumme Gedanke.«

»Das war alles?«

»Das ist alles, Herr Gograf. Und dann ...«

»Und dann?«

»Der Teich, in dem das Kind gefunden wurde, liegt vom Dorfe über eine Viertelstunde, und in der Nähe ist nur das Schloß des Barons und das Haus des Trompeters.«

»Und dieses Amtshaus!« setzte der Graf hinzu.

»Gewiß, Herr Gograf, und ich sehe immer mehr ein, wie unrecht ich hatte. Vergeben Sie es mir, und vergessen Sie das übereilte Wort ganz. Ich könnte in meinem Leben keine Ruhe mehr haben, wenn ich die Schuld davon trüge, daß dem Mädchen nur das geringste

Leid geschehe.« Wieviel Unheil sollte dennoch sein übereiltes Wort anstiften.

»Es ist gut, Knübbel, Ihr könnt gehen«, sagte der Gograf zu ihm. »Nehmt auf ein andermal Eure Zunge besser in acht.« Der Stellmacher ging.

Der Gograf folgte ihm bald, um sich in die Amtsstube zu begeben. Im Vorhause begegnete ihm seine Frau.

»Du kannst dich beruhigen, Thresette«, sagte er ihr im Vorbeigehen, »der Stellmacher wußte nichts gegen das Mädchen. Er gestand selbst, daß er ein übereiltes Wort gesprochen habe.«

»Das freut mich«, erwiderte leichthin die Gogräfin. Beide gingen ihren Geschäften nach. Die Gogräfin traf Anstalten zu ihrer baldigen Abreise, der Gograf begab sich mit den anderen Gerichtsbeamten zu dem Teiche, um den objektiven Tatbestand des vermutlichen Verbrechens festzustellen.

Der Tatbestand eines verübten Kindesmordes wurde wenigstens bis zu hoher Wahrscheinlichkeit ermittelt. Die vorgefundene Leiche zeigte ein neugeborenes, vollständig ausgetragenes Kind; die Schnur, die noch eng und festgebunden um den Hals lag, gab unzweideutig genug zu erkennen, daß sie in der Absicht festgebunden war, das Kind zu erdrosseln. Allerdings war bei dem hohen Grade der Verwesung, in welcher der Leichnam sich bereits befand, nicht mehr festzustellen, ob das Kind in solcher oder anderer Weise wirklich getötet und nicht vielmehr dennoch eines natürlichen Todes gestorben war, ja nicht einmal, ob es überhaupt lebendig geboren sei. Allein ein hoher Grad von Wahrscheinlichkeit mußte, wie gesagt, nach allen feststehenden Umständen hierfür sprechen. Auch nach der Versicherung des Arztes konnte übrigens die Leiche schon seit einem halben Jahre, vielleicht noch länger, fast den ganzen verflossenen Winter hindurch, in dem Wasser gelegen haben.

Von einer Täterin wurde nicht die geringste Spur entdeckt, gegen niemanden wurde irgendein Verdacht erhoben. Das ungewöhnliche Ereignis hatte das ganze Dorf Sanden herbeigezogen, Männer, Frauen und Kinder. Kein Mensch wußte etwas von einem gefallenen Mädchen in dem Dorfe oder in der Umgegend. Kein Mensch konnte gegen ein Mädchen nur den leisesten Verdacht aussprechen, daß man davon geredet habe, es sei nicht richtig mit ihr. Es gibt in Westfalen manche Gegend, wo noch jetzt eine solche Reinheit der Sitten herrscht.

Der Gograf mußte sich darauf beschränken, dem Amtsvogt und sämtlichen Untervögten gemessene Befehle zur Vornahme der genauesten und sorgfältigsten weiteren Nachforschungen zu erteilen. Das war das Resultat eines zweitägigen gründlichen und umsichtigen Inquirierens von Seiten des Gografen. Der Name Anna Hallbauer war dabei kein einziges Mal wieder genannt.

An demselben Tage war die Gogräfin mit ihren beiden Töchtern nach dem Bade Ems bei Koblenz abgereist.

Vierzehn Tage lang hatte man in der Angelegenheit, die gleichwohl fortwährend ungeschmälert die allgemeine Aufmerksamkeit beschäftigte, nichts Neues ermittelt, namentlich nichts über einen Urheber des Verbrechens. Da erschien eines Morgens der Küster des Dorfes bei dem Gografen. Die Küster gehören meist zu den halbgebildeten Menschen, die in keine Klasse der Leute hineinpassen, unter denen sie leben, indem sie für die einen zuwenig, für die anderen zuviel wissen. Sie sind deshalb auch meist närrische Käuze und Menschen, die sich in alles mischen, was sie nichts angeht. So war auch der Küster zu Sanden. Das entdeckte Verbrechen des Kindesmordes war ihm durch den Kopf gegangen, noch mehr, daß kein Urheber ermittelt war. Es war ihm, wie er sagte, als müsse er jetzt jedes Frauenzimmer in der Gemeinde für das Verbrechen verantwortlich machen, das doch nur von einer begangen sein könne. Er wollte das Verdienst haben, diese eine, die rechte, zu ermitteln. Der Stellmacher Knübbel hatte einmal den Namen Anna Hallbauer ausgesprochen. Das Mädchen war in Köln gewesen. Er, der Küster, hatte eine Verwandte in Köln. An diese schrieb er. An dem Tage, als er bei dem Gografen erschien, hatte er Antwort erhalten. Er teilte diese pflichtschuldigst dem Gografen mit. Diese Verwandte schrieb nicht viel Gutes von dem Mädchen: Anfangs, als Anna Hallbauer nach Köln gekommen, habe diese sie manchmal besucht; sie sei ein ordentliches, sittsames, bescheidenes Mädchen gewesen. Später aber sei sie hochmütig, eitel geworden, habe, anstatt ordentlicher, solider bürgerlicher Kleidung, allerlei Fähnchen auf dem Leibe getragen, sei immer seltener und zuletzt gar nicht mehr zu ihr gekommen; und sie, die Verwandte des Küsters, habe nun gehört, daß sie ein leichtfertiges Geschöpf geworden sei, sich namentlich mit einem Buchdruckereibesitzer abgegeben habe und von diesem im Stiche gelassen sei. Verführt und verlassen habe sie denn zuletzt nach Sanden zurückkehren müssen.

Dies berichtete der Küster dem Gografen. Dem Gografen fielen wieder die Worte seiner Tochter Ludmilla bei dem ersten Nennen des Namens Anna Hallbauer in dieser Geschichte ein. Es fiel ihm ein, daß dieser Name doch einmal der zuerst genannte sei; und noch jetzt war er der allein genannte. Er, der vorsichtige Beamte, der er war, empfahl dem Küster das tiefste Stillschweigen und beschloß, wiewohl im stillen, weitere Nachforschungen anzustellen.

Allein der Küster hatte nicht stillschweigen können. Er hatte hier und da, bald beim Schnäpschen mit einem Gevatter, bald beim Kaffee mit einer Gevatterin von seinem Briefe aus Köln gesprochen und so zuerst ein leises und vereinzeltes, dann aber ein allgemeines, lautes Gespräch erregt, nach welchem die Trompeterstochter in schrecklicher Weise, nach einigen sogar mit unmittelbarer Hilfe des leibhaftigen Satans, am Teiche hinter dem Schloßgarten ihr Kind umgebracht und in das Wasser geworfen habe. Dem Gografen wurde alles dieses Geschwätz brühwarm von berufenen und unberufenen Leuten zugetragen, von seinem Amtsvogte, von den Untervögten, von dem Küster, von andern. Es enthielt aber keine Tatsachen, und der verständige Beamte gab nichts darauf.

Allein, das Geschwätz war zuletzt auch einer alten, tauben Bäuerin zu Ohren gekommen, und als diese es mühsam vernommen und verstanden hatte, schlug sie die Hände über dem Kopfe zusammen und erzählte eine schreckliche Geschichte, in welcher denn freilich auch Tatsachen enthalten waren. Zu Ende des vorigen Herbstes war die alte Frau einmal spät in der Nacht von ihrer verheirateten kranken Tochter, die seitab vom Dorfe in der Bauerschaft wohnte, zurückgekehrt. Es war ein kaltes und stürmisches Wetter gewesen; der Wind hatte geheult, und hinten in den Wäldern hatte man die alten Eichen krachen gehört; vom Himmel war der Schnee so dicht und so dick gefallen, daß man keine zehn Schritte weit hatte sehen können. Ihr Weg hatte sie zuerst an dem Amtshausgarten und dann an dem Hause des Trompeters vorbeigeführt. Als sie dieses hinter sich gehabt, hatte sie rechts an dem Schloßgarten vorbei in das Dorf nach Hause gehen wollen. Auf einmal, hinter dem Hause des Trompeters, sah sie vor sich eine schneeweiße Gestalt, die bald langsam, bald geschwind vor ihr her ging und sich zuletzt links zu dem Teiche am Schloßgarten wandte, wo sie verschwand. Sie hatte die Gestalt für ein Gespenst gehalten, denn es war bekannt, daß in dem herrschaftlichen Schlosse eine weiße Jungfrau umgehe, die auch wohl des Nachts sich weiter in die Heide hinein begebe. Deshalb war die Frau auch der Gestalt nicht gefolgt, ja, sie hatte nicht einmal gewagt, von der Geschichte zu erzählen, da sie damals oft in der Nacht zu ihrer kranken Tochter mußte und sie gefürchtet hatte, wenn sie von dem Gespenst erzähle und so diesem neugierige Leute auf den Weg locke, so möge es ihr dafür einen Schabernack antun. Sie hatte übrigens die Erscheinung später nie wieder gesehen.

Auch das wurde dem Gografen hinterbracht. Er selbst befragte die alte Frau. Sie bestätigte ihm alles wörtlich.

Bei dem Manne der strengen Pflicht war jetzt eine sehr ernste Stunde gekommen. Anna Hallbauer hatte in Köln den Ruf eines leichtsinnigen Lebenswandels zurückgelassen, sie sollte sogar von einem Liebhaber verlassen sein. Sie war plötzlich, freilich unter dem plausiblen Vorgeben, ihren blinden Vater zu pflegen, nach Hause zurückgekehrt, sie hatte hier sehr eingezogen gelebt und geflissentlich vermieden, sich vor den Leuten sehen zu lassen. Umgang hatte sie mit niemandem im Dorfe gehabt. Dagegen hatte seine, des Gografen eigene Tochter fallenlassen, daß Offiziere zu ihr in das Haus gekommen seien. Vor einem halben Jahr war eine wie bleiche Gestalt in stürmischer Herbstnacht einsam, mit schwankendem Gange auf dem Wege von ihrer Wohnung nach dem Teiche gesehen worden. Um dieselbe Zeit mußte, nach dem Befunde des Arztes, die Leiche des ermordet gefundenen Kindes in den Teich geworfen sein.

Der Gograf suchte einen halben Tag nach einem Entschlusse. Er schlug die »Peinliche Gerichtsordnung« von Kaiser Karl V. auf, er studierte in allen Kommentaren zu diesem Gesetzbuche; er ging bis auf Matthäi, bis auf den alten Carpzov, selbst bis auf Damhouder zurück. Es blieb ihm nichts anderes übrig: ein Verdacht war einmal gegen eine bestimmte Person erhoben; dieser Verdacht mußte weiter verfolgt werden, bis er wieder verschwand oder zur Gewißheit wurde. Der Gograf ließ den Amtsvogt zu sich rufen.

Wie der Gograf in seinem Bezirke der Chef aller Regierungsgewalten war, so war der Amtsvogt sein Unterchef für die eigentliche vollziehende Gewalt, also eine sehr angesehene Person, freilich dennoch immer ein Subalternbeamter. Er erhielt deshalb auch in jener Zeit der strengen Etikette von seinem Vorgesetzten nicht das Prädikat Herr und wurde nicht mit Sie, aber auch nicht mit Ihr, sondern mit Er angeredet.

»Amtsvogt«, sagte der Gograf zu dem Beamten, »ich habe einen Auftrag an Ihn, den eigentlich der Untervogt ausführen sollte. Es ist aber ein rücksichtsvolles und menschliches Vorgehen nötig, und darum wende ich mich an Ihn. Er kennt die Gerüchte gegen die Hallbauerin in betreff des ermordeten Kindes. Nach den Rechten muß die Person nunmehr vernommen werden; es liegt aber noch nicht so viel vor, daß sie arretiert werden kann. Hole Er sie daher einfach zu mir ab, mit dem Andeuten nur, daß ich mit ihr zu sprechen habe. Beileibe sage Er ihr nicht den Grund des Vorführens.«

Der Amtsvogt entledigte sich seines Auftrags ganz im Sinne seines Vorgesetzten.

Er brachte die Hallbauerin zum Amte.

Der Gograf wartete ihrer hier. Bei ihm war nur der Gerichtsschreiber. Die gewöhnlichen beiden Gerichtsschöffen hatte er nicht zugezogen; denn wenn er auch ein Verhör anstellen wollte, so war dies doch noch kein eigentliches Kriminalverhör vor besetzter peinlicher Bank.

Anna Hallbauer erschien in der Gerichtsstube. Sie war eine große, schöne Gestalt. Ihr feines, blasses Gesicht zeichnete, wie ihre ganze Erscheinung, sich besonders durch ein bescheidenes, sinniges, beinahe melancholisches Wesen aus. Sie bewegte sich übrigens mit städtischem Anstande, so wie auch ihre Kleidung eine zwar einfache, aber doch kleidsam gewählte städtische war. Sie trat dem Anschein nach sehr unbefangen, wenngleich mit dem Ausdrucke einiger Neugierde vor den gestrengen Richter, der sie zum erstenmal sah und auch sie nicht ohne Neugierde betrachtete.

»Ich habe einige Fragen an Sie zu richten«, hob der Gograf zu ihr an. »Ich erwarte von Ihr, daß Sie mir mit der vollen Wahrheit antworte.«

»Ich werde Ihnen nur die Wahrheit sagen«, antwortete das Mädchen in bescheidenem Tone.

»Wie lange war Sie in Köln?«

»Etwas über vier Jahre.«

»Bei wem war Sie dort?«

»Bei meiner Tante, der verwitweten Klempnermeister Klöpper.«

»Hat Sie immer bei der gewohnt?«

»Nur die ersten zwei Jahre. Sie hatte mich das Schneidern lernen lassen, und darauf bezog ich eine eigene Wohnung.«

»Lebte Sie dort allein?«

»Ich wohnte allein; ich arbeitete aber den Tag über in den Häusern bei den Familien.«

»Hatte Sie Bekanntschaften?«

»Welche Bekanntschaften?« fragte das Mädchen mit einigem Zögern.

»Ich meine von jungen Männern.«

Anna Hallbauer errötete.

»Nein«, sagte sie, aber wieder zögernd.

»Es ist doch davon gesprochen?«

»Ein junges Mädchen, das allein wohnt, zumal in einer großen Stadt, ist dem Gerede der Leute oft ausgesetzt. Aber darf ich wissen, Herr Gograf, warum Sie alle diese Fragen an mich richten?«

Der Gograf besann sich ein paar Sekunden; dann sagte er, indem er sie fest und scharf anblickte, mit erhöhter Stimme: »Hat Sie von dem Kindesmorde gehört, der hier vor einigen Wochen an das Tageslicht gekommen ist?«

Anna Hallbauer wurde plötzlich sehr blaß.

»Mein Gott, Herr Gograf ...!«

Sie schwieg mit allen Zeichen eines tiefen, unruhigen Nachdenkens.

»Nun«, sagte der Gograf, »hat Sie davon gehört?«

»Ja, Herr Gograf«, antwortete sie wieder etwas dreister.

»Hat Sie die Fügung Gottes erkannt, daß das verübte Verbrechen nach langer Zeit doch noch zur Kenntnis der Menschen, auch des Richters, kommen mußte?«

Das Mädchen schien von ihrer plötzlichen Unruhe sich völlig wieder erholt zu haben.

»Also darum, Herr Gograf, stellen Sie jene Frage an mich?«

»Darum«, sagte strenger der Gograf, »und wenn ich bedenke, wie Sie hier zuerst rot und dann auf einmal blaß wurde ...«

Das Mädchen richtete sich stolz vor dem Richter auf.

»Herr Gograf«, unterbrach sie ihn.

Aber er ließ sie nicht weitersprechen.

»Höre Sie mich ohne Unterbrechung an. Doch vorher beantworte Sie mir noch eine Frage. Ist Ihr kein Wort davon zu Ohren gekommen, daß Sie allgemein als die Kindesmörderin bezeichnet wird?«

Anna Hallbauer konnte sich kaum mehr aufrecht halten, sie wurde leichenblaß.

»Ich?« rief sie. »Ich wäre eine Kindesmörderin?«

Ihr Erschrecken, ihr Ausruf zeigten, daß sie von der Beschuldigung, die schon so lange und so allgemein gegen sie gerichtet war, tatsächlich nichts wußte. Es konnte dies erklärlich erscheinen, wenn man bedachte, daß sie ihre Wohnung kaum verließ und daß sie sowenig wie ihr blinder Vater mit irgendeinem Menschen Umgang hatte. Man konnte es aber auch nicht wohl glaublich finden und ihr Benehmen als Verstellung auslegen, wenn man erwog, wie das schon seit Wochen herumlaufende, in die geringste Hütte und bis zum kleinsten Kinde gedrungene Gerücht gerade zu der Person, die es unmittelbar betraf, nicht sollte gelangt sein. Dem Gografen, der fast nur in dem Gerüchte gelebt hatte, mochte das mindestens nicht wahrscheinlich sein.

»Hallbauerin«, sagte er, »spiele Sie nicht die Unbefangene, wo man Sie schwerlich für unbefangen halten kann. Durch solche Verstellung kann Sie nur Ihre Sache verderben.«

»Aber ich schwöre Ihnen«, rief das Mädchen, in Tränen ausbrechend, »daß ich aus Ihrem Munde das erste Wort über einen so schändlichen Verdacht gehört habe.«

Der schuldbewußte Verbrecher hat in der Regel nur dann Tränen, wenn er durch ein Geständnis sein Gewissen erleichtern will, selten, solange er verstockt leugnet. Der Gograf schien einzusehen, daß er in seinem Vorwurfe der Verstellung zu weit gegangen sein mochte. Er lenkte ein.

»Weiß Sie sich denn ganz rein?« fragte er.

»Ich sollte einen Mord begangen haben, Herr Gograf?« rief sie empört. »Ich sollte sogar mein eigenes Kind ermordet haben?«

Die letzten Worte machten den erfahrenen Inquirenten stutzig.

»Hat Sie in Köln einen Buchdrucker gekannt?« fragte er rasch.

Er mußte einen sehr wunden und empfindlichen Fleck getroffen haben. Das Mädchen wurde verändert, sie mußte die Augen niederschlagen, sie konnte ihn nicht mehr ansehen; sie hatte keine Antwort.

»Wird Sie mir antworten«, sagte er. »Aber spreche Sie die Wahrheit.«

»Ja«, antwortete das Mädchen leise.

»Ei, vorhin wollte Sie ja gar keine Bekanntschaft mit einem Mann gehabt haben?«

»Sie fragten mich nach mehreren Männern«, entgegnete die Verhörte; aber den Vorwurf der Frage, den sie vorhin noch mit vollem weiblichen Stolze zurückgewiesen hatte, konnte sie jetzt durch ihre Antwort kaum noch hervorheben.

»Sie will mir durch Spitzfindigkeiten entgehen«, warnte der Gograf, »das ist nicht der Weg der Unschuld.«

»Ich schwöre Ihnen, Herr Gograf ...«

»Schweige Sie. Wie ist der Name des Buchdruckers?«

»Alphons Fausting.«

»Woher?«

»Aus dem Elsaß.«

»Wo ist er jetzt?«

»Er mußte nach seiner Heimat zurückkehren.«

»Wann?«

»Bei meiner Zurückkunft hierher.«

»Hat Sie ihn längere Zeit gekannt?«

»Zwei Jahre lang.«

»Und er hat Sie verführt?«

»Nein, Herr Gograf«, antwortete Anna Hallbauer, indem sie dem Richter wieder klar in das Auge sehen konnte.

»Sie hat auch mit keinem andern Manne in näherer Verbindung gestanden?«

»Nein, Herr Gograf.«

»Und Sie hat kein Kind geboren?«

Nein, Herr ..., wollte die Hallbauerin sagen, aber auf einmal mußte sie vor dem scharfen, durchbohrenden Blicke des strengen Inquirenten wieder die Augen niederschlagen, und die Worte erstarben ihr auf der Zunge.

»Eine Lüge richtet Sie zugrunde«, ermahnte und drohte der Richter.

Das Mädchen zitterte heftig.

»Werde ich eine Antwort bekommen?« fragte der Gograf. Sie konnte nicht antworten.

»Ich fordere Sie auf, mir zu antworten. Sie hat sich lange genug bedacht. Ich habe Ihr nur noch eins zu erwähnen: eine Unwahrheit auf meine Frage müßte notwendig noch heute an den Tag kommen. Der Arzt ist bei der Hand ...«

Das Mädchen erwachte aus einem ängstlichen Nachdenken. »Herr Gograf, dürfte ich Sie ein paar Augenblicke allein sprechen, ohne den Herrn Gerichtsschreiber?«

»Das Gesetz gestattet es nicht.«

»Nur für ein paar Worte. Sie werden Ihnen alles aufklären, Sie werden sich überzeugen ...«

»Sie bittet mich umsonst, ich darf den Gerichtsschreiber nicht entfernen.«

Das Mädchen faßte einen Entschluß.

»Nun wohl, Herr Gograf, ich will die Wahrheit sagen. Ja, ich bin Mutter.«

»Unglückliche«, sagte der Richter – nein, nicht der Richter, aber der Mensch, der ein junges, frisches Leben mit dem Ausdrucke der Güte, der Sanftmut, der Liebe, als Richter aber auch alle die entsetzlichen Folgen vor sich sah, welche das abgelegte Bekenntnis für die Arme dem Gesetze gemäß nach sich ziehen mußte.

Aber Anna Hallbauer hatte sich stolz wieder erhoben.

»Ich bin keine Verbrecherin, Herr Gograf«, sagte sie. »Ich bin nicht einmal vor Gott eine Sünderin. Der Vater meines Kindes, Alphons Fausting, ist mein mir christlich angetrauter Ehemann.«

Der Graf sah sie ungläubig an.

»Und wo hat Sie Ihr Kind?«

»Mein Mann hat es mit sich genommen.«

»Wann?«

»Bei seiner Abreise von Köln.«

»Wohin?«

»In seine Heimat.«

»Sie hat mir das Elsaß als seine Heimat genannt, das Elsaß ist groß.«

»Er war aus Straßburg gebürtig.«

»Und dahin hat er das Kind mitgenommen?«

»Er wollte es zu seiner Schwester bringen.«

»Wann hat Sie das Kind geboren?«

»Im September vorigen Jahres, am achtzehnten September.«

»Also noch in Köln, nicht hier?«

»Ich habe Ihnen ja gesagt, daß mein Mann, als er Köln verließ, das Kind mit sich nahm.«

»Wann verließ er Köln?«

»Gleichzeitig mit mir, im Oktober vorigen Jahres.«

»Sie überließ ihm also Ihr Kind, da es kaum einige Wochen alt war?«

»Ja«, sagte traurig die Hallbauerin.

»Und das soll ich Ihr glauben?«

»Die Not zwang uns.«

»Hallbauerin«, sagte der Gograf nachdrücklicher, strenger, »ich will noch nicht sagen, daß Sie mir da ein Märchen aufgetischt hat, obwohl das, was Sie vorbrachte, ganz den Fabeln gleicht, die man, freilich nur von den schlechtesten Subjekten, in gleicher Lage so oft vor Gericht hören muß. Aber wenn Sie mir nicht Stück für Stück Ihre Angaben beweisen und namentlich Ihr Kind zur Stelle bringen kann, so wird Sie selbst einsehen, daß man Ihr nicht glauben kann, daß Sie vielmehr den Verdacht, von welchem Sie sich reinigen will, in sehr hohem Grade gegen sich verstärkt hat.«

Anna Hallbauer wurde wieder unruhig.

»Ich habe Ihnen kein unwahres Wort gesagt«, versicherte sie dennoch.

»Wo will Sie«, inquirierte der Gograf weiter, »mit dem Alphons Fausting getraut sein?«

»In Köln.«

»In welcher Kirche?«

»Ein Pater Franziskaner hat uns getraut.«

»In welcher Kirche?«

»In seiner Klosterkirche.«

»Es gibt mehrere Franziskanerklöster in Köln. Wie hieß jenes?«

»Das weiß ich nicht, es liegt in der Severinstraße.«

»Wie hieß der Pater?«

»Pater Franziskus.«

»Hat Sie einen Trauschein?«

»Mein Mann hat ihn mitgenommen.«

»Warum versah Sie sich mit keinem?«

»Ich hielt es nicht für nötig.«

»Hat Sie keinen andern Beweis für Ihre Trauung bei der Hand?«

»Nein, Herr Gograf.«

»Besinne Sie sich. – Keinen einzigen?«

»Nein.«

»Weiß Ihr Vater darum?«

»Nein.«

»Sie hat ihm Ihre Verheiratung verschwiegen?«

»Ja«, sagte Anna Hallbauer wieder leise, im Ton des Einsehens ihres Unrechts.

»Warum verschwieg Sie ihm eine so wichtige Sache, auf die Sie ohne seine Einwilligung sich gar nicht hätte einlassen sollen?«

»Ich hatte sehr triftige Gründe dazu.«

»Waren Zeugen bei Ihrer Trauung?«

»Nein.«

»Auch das nicht! Hat Sie Ihr Kind taufen lassen?«

»Ja.«

»Wo?«

»Der Pater Franziskus hat es getauft.«

»Gleichfalls in der Klosterkirche?«

»Nein, in meiner Wohnung zu Köln.«

»Waren dabei Zeugen?«

»Nein.«

»Weiß sonst jemand von der Existenz, von dem Leben des Kindes?«

»Eine alte Frau, die bei der Geburt zugegen war.«

»Ihr Name?«

»Ich weiß nur, daß sie die alte Lene hieß.«

»Ihre Wohnung?«

»In der Püttstraße zu Köln. Die Frau lebt aber nicht mehr. Ich habe vor einigen Wochen die Nachricht erhalten, daß sie gestorben sei.«

Anna Hallbauer hatte bei jeder Frage mehr und mehr die Farbe gewechselt, jede Antwort nur mit leiserer und ungewisserer Stimme abgeben können, als wenn sie von der Überzeugung der Unwahrscheinlichkeit ihrer Angabe völlig erdrückt werde.

»Und alle diese Märchen soll ich glauben?« sagte der Gograf strenge. »Eine heimliche Heirat, eine heimliche Taufe! Zeugen, die gestorben sind oder weder Namen noch Wohnort haben!«

Die Beschuldigte erhob sich noch einmal. Sie hatte den Mut zu einem neuen Geständnisse gefaßt.

»Herr Gograf«, sagte sie, »meine Angaben mögen allerdings wie Märchen klingen, aber Sie würden sie wahr finden, wenn Sie meine und meines Mannes eigentümlichen Verhältnisse kennten.«

»Teilen Sie mir diese mit.«

»Ich muß Ihnen ganz die Wahrheit sagen, Herr Gograf, ich bin heimlich getraut. Ich mußte mein Kind heimlich zur Welt bringen, ich mußte es heimlich taufen lassen; mein Mann mußte schon wenige Tage nach der Geburt sich damit heimlich entfernen. Das alles hatte seinen Grund einfach in folgendem: Meine Tante ist eine schlechte Frau, die mit vornehmen Herren zu Köln in Verbindung steht. Darum hatte sie auch mich zu sich kommen lassen. Ich wurde das erst gewahr, als ich schon längere Zeit dort war. Sie wollte mich an einen und mehrere verkuppeln. Ich leistete ihr Widerstand, aber ich war in ihrer Gewalt. Da konnte ich mich zuletzt nur noch dadurch retten, daß ich aus ihrem Hause entfloh. Hierher nach Hause zurück konnte ich nicht; meine Tante, die so vielen mächtigen Beistand hatte, hätte mir nachsetzen lassen. In der großen sündhaften Stadt kannte ich nur einen Menschen, dem ich mich ohne Gefahr anvertrauen konnte. Es war ein braver, junger Mann, der Schriftsetzer Fausting, dem ich immer des Mittags begegnet war, wenn er von der Arbeit und ich aus der Lehrstunde bei der Schneiderin kam, und den ich so näher hatte kennengelernt. Zu ihm ging ich, er nahm mich auf und verbarg mich; denn meine Tante ließ durch die Polizei überall nach mir suchen. Ich wollte bei ihm abwarten, daß ich sicher zu meinem Vater zurückkehren könne. Aber das zog sich hin; auch hatten Fausting und ich uns lieb. Wir suchten Rat bei einem alten Freunde und Landsmann von ihm, dem Pater Franziskus in dem Franziskanerkloster in der Severinstraße, und er wußte mit uns nur ein Mittel. In der Lage, in welcher ich war, durfte ich bei Fausting nicht länger bleiben. Zu anderen Leuten konnte ich nicht gehen, ohne meiner Tante verraten zu werden. Fausting hatte sein Auskommen und konnte meine Frau ernähren, zwar vorläufig nur notdürftig, aber sein Vater besaß in Straßburg eine eigene Buchdruckerei, die er dem Sohn abzutreten versprochen hatte. Wir konnten uns daher heiraten. Allein dies hätte auf dem gewöhnlichen Wege viele Weitläufigkeiten und Aufenthalt gemacht; es konnte gar nicht geschehen, ohne daß meine Tante es vorher gewahr wurde. Sie hätte mich zurückgefordert, und alles war verloren. Da entschloß sich der Pater Franziskus, uns heimlich zu trauen. Wir konnten nun christlich und ehrenhaft beieinander bleiben. Aber um meine Sicherheit stand es nicht besser. Der Pater Franziskus hatte, was wir vorher nicht recht bedacht hatten, schwere Strafe zu befürchten, wenn es herauskam, daß er uns getraut habe; ich konnte daher nur in der tiefsten Verborgenheit mit meinem Manne leben. Köln verlassen konnten wir auch nicht, der Vater meines Mannes wollte nicht sogleich sein Geschäft abtreten; anderswo konnte mein Mann kein Unterkommen finden. Das dauerte so, bis mein Kind zur Welt kam. Der Pater Franziskus mußte es heimlich taufen. Unterdes mußte meine Tante doch Nachricht erhalten haben, daß ich noch in Köln sei. Mein Mann erfuhr, daß mir von der Polizei nachgespürt werde. Wir entschlossen uns daher, uns vorderhand auf einige Zeit zu trennen. Mein Mann sollte nach Straßburg reisen, um zu sehen, ob sein Vater ihm nicht die Buchdruckerei übertrage; ich sollte unterdes zu meinem Vater zurückkehren, der zudem meiner Hilfe bedürftig war. Unser Kind konnte ich nicht mitnehmen, man hätte es als ein uneheliches, mich als eine schlechte Dirne betrachtet. So nahm es mein Mann mit, um es einstweilen in Straßburg bei seiner verheirateten Schwester unterzubringen. Jetzt wissen Sie alles, Herr Gograf.«

Anna Hallbauer schloß ihre Erzählung. Sie schloß wie mit einem leichten Herzen, als ob das volle Geständnis ihrer Lage jeden Verdacht des Verbrechens von ihr abgewälzt haben müsse.

Dieser Meinung schien der Gograf nicht zu sein. Er sah sie nachdenkend, zweifelhaft an, als wenn er fragen wollte, ob sie die Tugend und Unschuld oder das Verbrechen, das Laster, die Heuchelei selbst sei. Er mochte noch kein Urteil fällen wollen und schüttelte bedenklich den Kopf. Dann ging er, tief nachsinnend, einige Male in der Stube auf und ab. Aus seinem Gesichte verschwand unterdes mehr und mehr der Ausdruck der Milde und des Mitleids, der seither, trotz manchen Unterbrechungen des Zweifels und der Strenge, darin vorgeherrscht hatte. Es zeigte zuletzt nur noch strenge Kälte, nichts mehr von dem fühlenden Menschen, nur noch das gefühllose, unempfindliche, starre Gesetz. Hielt er jetzt alles, was die Hallbauerin ihm gesagt hatte, für hinterlistige Heuchelei, für frechen Lug und Trug der Verbrecherin? Oder hatte, nachdem es bei ihm einmal unabweislich feststand, daß er eine so strafrechtlich Verdächtige vor sich habe, gegen welche unter allen Umständen, sei sie schuldig oder unschuldig, notwendig das Gesetz walten müsse, die Überzeugung von dieser Notwendigkeit ihn in der Tat nur zum Beamten, zu dem starren Vollzieher des unerbittlichen Gesetzes gemacht, der kein Gefühl mehr haben dürfe, auf den auch die Überzeugung von der Heuchelei und Frechheit keinen anderen Eindruck mehr machen dürfe, als welchen das Gesetz gestatte, fordere? Der Gograf gehörte zu dieser Gattung von Beamten.

»Hallbauerin«, wandte er sich mit jener Gesetzeskälte an seine nunmehrige Inkulpatin, »hat Sie mir noch etwas zu, sagen?«

»Nein, Herr Gograf, ich habe Ihnen jetzt alles gesagt.«

»So höre Sie mich an, der Richter kann nur nach Beweisen urteilen. Danach steht Ihre Sache nunmehr so: Ein Verbrechen des Kindesmordes liegt hier vor, es ist hier in der Nähe, es ist sogar gerade in der Nähe Ihrer Wohnung verübt worden. Gleich nach seiner Entdeckung wurde, gleichsam wie durch Gottes Stimme, Ihr Name genannt. Gegen keine einzige andere Person hat sich nur die entfernteste Spur eines Verdachts ermitteln lassen. Sie hat mir heute, jedoch erst nach mehrfachen Widersprüchen, bekannt, daß Sie ein Kind geboren, daß Sie das Kind heimlich geboren, daß das Kind bald nach seiner Geburt verschwunden ist. Dies alles ist etwa zu derselben Zeit geschehen, in welcher hier das ermordete Kind in das Wasser geworfen ist. Sie behauptet nun zwar, daß Sie das Kind nicht hier, sondern in Köln geboren, daß Sie verheiratet sei, daß Ihr Mann das Kind mit sich genommen. Aber all diese Umstände sind völlig unerwiesen. Sie hat mir, um ihnen nur einen Schein von Glaubwürdigkeit geben zu können, einen noch unglaublicheren Roman erzählt.«

»Aber sie können«, unterbrach ihn die Inkulpatin, »sie werden bewiesen werden.«

»Es ist möglich, es ist auch nicht möglich. Bis dahin bleibt Sie verdächtig, und demnach fordert das Gesetz, daß ich Sie in Haft nehme, bis die Beweise erhoben sind und die Wahrheit Ihrer Schuld oder Unschuld vollständig ermittelt ist. Gerichtsschreiber, lassen Sie die Inkulpatin Anna Hallbauerin, verdächtig der Ermordung ihres Kindes, in das Gefängnis abführen.«

Das war ein Resultat, das die Unglückliche nicht erwartet hatte. Sie sank zusammen.

»Mein Vater!« rief sie. »Was soll aus meinem blinden Vater werden?«

»Man wird für ihn sorgen, wie es sich gebührt«, sagte der Gograf. »Es möchte denn«, setzte der vorsichtige Kriminalrichter hinzu, »sich ergeben, daß er an Ihrem Verbrechen beteiligt wäre.«

»Mein Vater, mein armer, alter Vater ein Verbrecher? Er ist unschuldig wie ich. Um Gottes Barmherzigkeit, tun Sie ihm nichts.«

»Wenn er unschuldig ist, wird ihm nichts geschehen.«

»Er ist es, und auch meine Unschuld wird der Gott des Lichts und des Rechts an den Tag bringen.«

Sie wurde zum Gefängnis abgeführt.

Die Kriminaluntersuchung war, in Form der sogenannten General-Inquisition, gegen Anna Hallbauer eingeleitet.

Der Gograf Schirmer führte sie mit der Gründlichkeit, Rechtlichkeit und Umsicht des gewandten und pflichtgetreuen, aber auch mit der vollen Energie des strengen Kriminalrichters. Sie ergab Erfolge, die nicht zugunsten der Inkulpatin sprachen, vielmehr vielfach zum Nachteile gedeutet werden mußten. Der Gograf stellte Nachforschungen nach allen jenen Gegenden und Orten an, die zu den Angaben der Verdächtigen nur irgendwie in Beziehung standen. Diese Angaben bestätigten sich nicht; sie konnten entweder nicht bewiesen werden oder wurden gar geradezu widerlegt.

Die Witwe Klöpper in Köln, die Tante der Hallbauerin, wies die Beschuldigungen ihrer Nichte als boshafte, undankbare Verleumdung zurück, und die Polizei in Köln stellte ihr ein gutes Zeugnis aus, worauf freilich auch der Gograf nicht viel Gewicht legte. Die damalige Sittenlosigkeit der rheinischen Metropole war ihm bekannt, ebenso die Regionen, in denen sie vorzüglich herrschte, und die Macht dieser Kreise. Den Domherrn, den die Aussage der Hallbauerin betraf, hatte sie nicht einmal benennen können; die Tante hatte seinen Namen vermieden. Wäre er aber auch bekannt geworden, weitere Ermittelungen wären nicht die Folge gewesen. Demgegenüber war das Zeugnis der Witwe Klöpper insofern noch besonders beschwerend für die Angeschuldigte, als jenes zugleich den Grund der Verleumdungen ihrer Nichte dahin ergab, daß diese eine liederliche Person gewesen, die gern den Mannsleuten nachgelaufen sei und die, als sie, die Tante, sie deshalb strenger gehalten, sich heimlich von ihr entfernt habe. Sie habe sie vergebens zu ermitteln gesucht, endlich aber ihre Bemühungen aufgeben müssen, nachdem sie erfahren, daß das Mädchen sich ganz dem Laster in die Arme geworfen. Beweise hierfür konnte sie nicht angeben, andererseits konnte aber auch die Beschuldigte keinen Beweis für einen ordentlichen Lebenswandel, den sie in Köln geführt, beibringen. Daß sie mit einem Buchdrucker namens Fausting zusammen gelebt, wurde durch die Besitzer der Häuser, in denen sie gewohnt, festgestellt. Über ihr sittliches Verhalten aber konnten diese keine Auskunft geben, da sie sich nicht darum bekümmert hätten, der Aufenthalt auch immer nur ein kurzer gewesen sei. Das letztere wurde von der Angeschuldigten dadurch erklärt, daß sie, um den Nachstellungen der Tante zu entgehen, öfters mit den Wohnungen habe wechseln müssen. Damit wollte sie auch erklären, daß sie ihre Wohnung stets in den entlegensten, zuweilen in den berüchtigten Gassen gehabt hatte.

Der erheblichste gegen die Hallbauerin sprechende Umstand war der, daß in keiner Weise ihre Trauung mit dem Buchdrucker Fausting nachzuweisen war. Die Personen, welche sie während ihres Zusammenlebens mit demselben gekannt, wußten nichts davon, daß sie dessen Frau gewesen, und weder sie selbst noch er hatten sich dafür ausgegeben. Sie führte als Grund dafür wieder an, daß sie als Frau des Fausting leichter der Entdeckung ausgesetzt gewesen sei. Das Franziskanerkloster in der Severinstraße existiert zwar, es hatte auch ein Mönch, der Pater Franziskus aus Straßburg im Elsaß, darin gelebt. Allein dieser war schon seit Neujahr tot, und er hatte weder jemandem mündlich mitgeteilt noch eine schriftliche Notiz hinterlassen, daß er irgend jemals eine Trauung vorgenommen habe. Der Umstand, daß die Inkulpatin auch hier einen bereits Verstorbenen als Zeugen angegeben, mußte einen nicht geringen neuen Verdachtsgrund gegen sie darstellen. Zwar war der Mönch seit ihrer Abwesenheit von Köln gestorben, aber wie leicht konnte sie auch abwesend seinen Tod erfahren haben, wenngleich sie das bestritt.

Endlich war sie auch nicht imstande zu beweisen, daß sie in Köln ein Kind zur Welt gebracht oder wo ihr Kind geblieben sei. Daß eine alte Frau namens Lene in der letzten Zeit mit ihr verkehrt, wurde als richtig befunden, weiter aber in dieser Beziehung nichts ermittelt. Die Angeschuldigte hatte sich vor den Leuten wenig blicken lassen, man hatte sie fast nur des Abends im Dunkeln gesehen und daher auch nicht einmal auf ihren Körperzustand achten können.

Von Alphons Fausting war keine Spur aufzufinden, er hatte Köln zu gleicher Zeit mit der Angeschuldigten verlassen. Es hieß, er sei in seine Heimat nach Straßburg gegangen. Aber alle weiteren Nachrichten von ihm fehlten. Sein Vater hatte allerdings in Straßburg eine Druckerei besessen, es war ihm aber in letzter Zeit schlecht gegangen, seine Gläubiger hatten ihm sein gesamtes Eigentum verkaufen lassen, und der alte Mann war darauf vor Gram gestorben. Dies war im Herbste des verflossenen Jahres gewesen, ungefähr um dieselbe Zeit, da sein Sohn von Köln in Straßburg hatte eintreffen können. Eine Schwester Faustings war in Straßburg verheiratet gewesen, an einen Franzosen; sie war aber schon kurz vor dem Tode des Vaters mit ihrem Manne fortgezogen, wie es hieß, in das Innere von Frankreich. Weiter wußte man nichts von ihr.

Das war es, was in der bisherigen Untersuchung ermittelt war. Erwägt man die damaligen mangelhaften Zustände der polizeilichen Einrichtungen wie der internationalen Beziehungen, so wird man sich sagen müssen, daß weitere Nachforschungen nach dem, was noch im Dunkel geblieben war, notwendig fruchtlos ausfallen mußten.

Nach allem blieb ein Verdacht auf der Angeschuldigten haften. Es stand fest, daß sie, ziemlich in der Zeit des stattgehabten Verbrechens, Mutter eines Kindes geworden und daß dieses Kind nach ihrer eigenen Angabe spurlos verschwunden war. Sie hatte sowohl über dessen Verbleiben als Geburt und über manche andere Umstände Angaben gemacht, die nicht im geringsten zu erweisen, vielfach sogar sehr unwahrscheinlich waren. Sie hatte einen Roman aufgestellt, das allergefährlichste für einen Angeschuldigten. Dazu hatte sie gleich zu Anfang des Verfahrens mit der Wahrheit zurückgehalten, sich sogar in Widersprüche verwickelt. Endlich kam nicht unerheblich in Betracht die Aussage der alten tauben Bäuerin, welche die weiße Gestalt nach dem Teiche im Schloßgarten sich hatte bewegen sehen. Die Frau hatte zwar in der Angeschuldigten jene Gestalt durchaus nicht wiedererkennen können, aber sie blieb dabei, daß die Erscheinung von der Richtung des Hallbauerschen Hauses hergekommen sei, und es ermittelte sich auch auf näheres Befragen, daß der Vorfall zu Ende Oktober, möglich auch zu Anfang November, kurze Zeit nach der Rückkehr der Hallbauerin von Köln, sich ereignet habe.

Und was konnte die Angeschuldigte allen diesen Verdachtsgründen gegenüberstellen? Daß sie bei ihrer ersten Vernehmung nur aus

Befangenheit und weiblicher Scham anfangs mit der Wahrheit zurückgehalten, hatte einen Schein für sich. Wenn sie aber im weiteren nur vorbringen konnte, es sei eine sonderbare unglückliche Verknüpfung von Umständen, die es ihr unmöglich machen, ihre Behauptungen zu erweisen, so konnte und mußte der Inquirent mit Recht ihr dagegen bemerklich machen, daß es eine der gewöhnlichsten Ausreden der Verbrecher für ihre Lügen sei, es verfolge sie ein besonderes Unglück, daß sie ihre Angaben nicht beweisen könnten.

Der Standpunkt des Strafprozesses war zu jener Zeit in Deutschland bezüglich des Beweises der, daß eine Strafe nur auf vollen Beweis erkannt werden konnte, voller Beweis aber nur dann angenommen wurde, wenn mindestens zwei völlig glaubwürdige Zeugen übereinstimmend die Tat selbst und direkt gegen den Angeschuldigten bekundeten oder wenn der Angeschuldigte über diese ein vollständiges gerichtliches Bekenntnis ablegte. Fehlte ein solcher Beweis, so konnte nur noch Verdacht dasein, und es wurde je nach der Stärke dieses Verdachts entweder auf Tortur oder auf einen Reinigungseid erkannt. Überstand der Beschuldigte die Tortur, ohne ein gültiges Bekenntnis abzulegen, oder leistete er den Eid, so wurde er freigesprochen; leistete er den Eid nicht, so verfiel er der Tortur.

In der Untersuchungssache gegen die Hallbauerin war der Richter, der Gograf Schirmer, der auch den Blutbann hatte, zweifelhaft, ob er auf die Tortur oder auf den Reinigungseid erkennen solle. Ein unerwarteter Umstand gab den Ausschlag.

Die Schnur, die um den Hals der Kindesleiche gefunden worden, war ein gewöhnlicher Bindfaden; sie hatte zu weiteren Ermittlungen nicht führen können. Außerdem hatte man trotz der sorgfältigsten Nachforschungen weder in dem Teiche noch später in der Hallbauerschen Wohnung irgendeinen Gegenstand aufzufinden vermocht, der zu einer Entdeckung oder Überführung des Urhebers des Verbrechens dienen konnte. Während der Untersuchung aber, nach einem heftigen Gewitter, welches in der Nacht stattgefunden und das Wasser des Teiches aufgewühlt, hatten Leute am andern Morgen zufällig auf dem Teiche ein Stück weißer Leinewand schwimmen sehen, es herausgefischt und dem Gerichte übergeben.

Dieses Stück Leinewand, grob und zerrissen, trug namentlich auch Spuren einer Zerstörung an sich, die darauf schließen ließen, daß sie von den Eindrücken eines Steines oder ähnlichen Gegenstandes herrührten, so daß man zu dem weiteren Schlusse berechtigt wurde, in diese Leinewand eingewickelt und an einen Stein befestigt, sei die Kindesleiche, um in der Tiefe des Wassers zu verwesen, in den Teich geworfen. Andererseits war, trotz jenen Beschädigungen, in der Leinewand noch ein eingezeichneter Buchstabe zu erkennen. Zwar nicht ganz genau, denn man konnte zwischen einem lateinischen F und S schwanken, indem gerade in der Mitte, wo der Strich eines F sich befinden mußte, eine Lücke vorhanden war. Allein der Richter glaubte sich um so mehr für den Buchstaben F entscheiden zu müssen, als bei einer Nachsuchung unter den Sachen der Inkulpatin sich Namenseinzeichnungen fanden, die aus einem mit jenem Buchstaben, soweit er noch da war, sehr ähnlichen F bestanden. Die Erwiderung der Angeschuldigten, daß das lateinische F und S bis auf den Mittelstrich des F bei Einzeichnungen in Leinewand gewöhnlich dieselbe Form hätten, auch daß diese Buchstaben, die fast überall nach einem und demselben gedruckten und sehr verbreiteten Muster gezeichnet würden, wurde dagegen als gewichtslos angesehen.

Der Gograf Schirmer zog einen Kommentar der »Peinlichen Gerichtsordnung« zu Rate; und als gewissenhafter Richter konnte er zu keinem andern Resultate der bisherigen Untersuchung gelangen als zur Erkennung der Spezialuntersuchung gegen die Hallbauerin – und demnächst weiter zu folgendem Urteil:

»Gestalten Anna Margareta Christiana Hallbauerin der Tötung ihres wahrscheinlich im Monate Oktober des vergangenen Jahres neugeborenen Kindes durch mancherlei in deren Akten vorhandenen Indizien also genugsam beschweret und verdächtig erscheint, daß man der ihr angeschuldigten unmenschlichen Tat zu derselben sich wohl versehen kann; gestalten ferner, wider Missetäter, welche der wider sie vorhandenen schweren Anzeigungen ohnerachtet zu freiwilligem Geständnis nicht zu bewegen sind, peinliche Erforschungsmittel anzuwenden, die boshafte Taten verabscheuende und allen Eifer in Ergründung der Wahrheit vorschreibende Gerechtigkeit erfordert, so ist derowegen die Inquisitin Anna Margareta Christiana Hallbauerin nochmalen in Güte, jedoch im Beisein des Scharfrichters mit seinen für Peinlichkeit gehörigen Werkzeugen, zum Geständnis der reinen Wahrheit unter der Verwarnung, daß sie ihrem Leibe keine vergebliche Marter zuziehen möge, alles Ernstes zu vernehmen und sodann zu befragen:

1. ob nicht Inquisitin um die Oktoberzeit des vergangenen Jahres ihr neugeborenes Kind getötet und den Körper desselben dem Teiche an dem freiherrlichen Schloßgarten zu Sanden dem Wasser übergeben habe;

2. ob nicht und welche Anstifter oder Gehilfen Inquisitin zu solchem Verbrechen gehabt habe.

Dafern aber gleichwohl Inquisitin bei ihrem bisherigen Leugnen beharren sollte, ist sie dem Scharfrichter dergestalt zu übergeben, daß dieser sie möge ausziehen, zur Marterbank führen, die Daumenstöcke anlegen und damit wirklich zuschrauben, auch, wo diese nichts fruchten sollten, die spanischen Stiefel anlegen und damit ebenermaßen zuschrauben, jedoch, daß es für dieses Mal dabei verbleibe und mit Inquisitin Weiteres nicht fürgenommen werde, wobei dann dieselbe über vorstehende zwei Artikel zu vernehmen. Im Fall nun Inquisitin auf diese Weise zur Bekennung der reinen Wahrheit gebracht werden sollte, ist ihr solche des anderen oder dritten Tages danach an ordentlicher Gerichtsstelle und vor besetzter Gerichtsbank wieder vorzuhalten und alles gebührenden Fleißes niederzuschreiben. Ergehet darauf, und wenn solches geschehen, die Inquisitin auch mit ihrer Verteidigung gehöret worden, ferner, was Recht ist. Von Rechts wegen.«

Es war nach den Gesetzen und nach dem Gerichtsbrauch ein mildes Urteil.

Als es der Hallbauerin eröffnet war, rief sie: »So wahr ein Gott im Himmel ist, ich bin unschuldig!« Dann fiel sie in Ohnmacht.

Die Erinnerung an die Folter und ihre Greuel ist schnell verschwunden. Daumenstöcke oder Daumenschrauben sind zwei eiserne Stäbe, welche durch eine Schraube miteinander verbunden sind. Zwischen sie wurde der Daumen der Länge nach gesteckt und nun die Schraube angezogen und dadurch der Daumen gepreßt und gequetscht, bis der Inquisit ein Geständnis ablegte oder in Ohnmacht fiel und das Bewußtsein verlor oder der Richter es für notwendig erachtete, von dieser geringeren Marter der Tortur zu einer schwereren, noch schmerzhafteren überzugehen. Spanische Stiefel, Beinstöcke, Beinschrauben bestehen in einem breiten eisernen Bande, in der Gestalt eines Steigbügels, in welchem gleichfalls eine Schraube angebracht ist. Es wurde dem Inquisiten in der Art um die Wade gelegt, daß ein eiserner oder hölzener Querriegel über das Schienbein lief. Durch das Anziehen der Schraube wurde nun der innere Raum der Stiefel allmählich verengt, oder, wie der Kunstausdruck war, »die Stiefel wurden zugeschnürt«, und Waden und Schienbein wurden so auf das schmerzhafteste gedrückt und gequetscht. Um den Schmerz lebhafter zu erhalten, »damit nicht bei zu lange anhaltenden Schmerzen eine völlige Unempfindlichkeit entstehe«, öffnete man die Stiefel von Zeit zu Zeit und schnürte sie nach Augenblicken wieder zu, auch pflegte wohl der Henker durch Klopfen darauf, das »Klappern« genannt, ihre Wirkung zu erhöhen.

Es waren acht Tage seit der Eröffnung des »Erkenntnisses auf die peinliche Frage« an Anna Hallbauer verflossen, als fast das ganze Dorf Sanden in später Abendzeit, gegen Mitternacht hin, noch wach und in Aufregung war. Es war eine stille, unterdrückte, unheimliche Aufregung. Die Leute lagen in den Fenstern oder standen in der ruhigen warmen Augustnacht vor den Häusern der Straße. Aber niemand sprach ein Wort, oder man flüsterte nur leise. Wenn das Flüstern einmal zu laut werden wollte, wurde angelegentlich Stille geboten. Alles horchte; man horchte in die Nacht, in die Ferne hinein, man wollte keinen Laut verlieren. Wenn aber ein Laut vernommen wurde, fuhr alles zusammen, und man hörte ängstliche Töne des Grausens und des Mitleids der Horchenden. Es waren aber auch entsetzliche Laute, die durch die Stille der Mitternacht das Ohr der Horchenden trafen.

Viele Einwohner des Dorfes standen in der Nähe des Amtshauses beisammen. Von dem Amtshause her kamen jene Laute des Entsetzens, und die dort beisammenstanden, hörten sie deutlich, sie brauchten nicht erst zu horchen. Das Amtshaus lag am Ende des Dorfes; es war die Dienstwohnung des Amtmanns. Nicht weit von demselben stand das kleinere Gebäude, worin auch die gerichtliche Amtsstube und unter dieser, in einem tiefen Keller, die sogenannte Marterkammer war, in welcher die zur Tortur erforderlichen Werkzeuge aufbewahrt lagen und die Folter selbst vollzogen wurde.

Keinem mit peinlicher Gerichtsbarkeit versehenen Gerichte durfte damals die Marterkammer fehlen.

In der Marterkammer wurde gefoltert. Aus der Erde heraus drang das Angst- und Wehgeschrei der Gefolterten. Diesen Schmerzenstönen horchten mit blassen Gesichtern die Bewohner des Dorfes Sanden. Die Anwendung der Tortur war im Gogerichte Sanden immer ein seltenes Ereignis gewesen, und immer hatte sie die einfachen, sittlichen Landleute mit Schaudern und Entsetzen erfüllt. Heute sollte dies besonders der Fall sein. Nur freche, verstockte und hartherzige Diebe und ähnliche Verbrecher hatte man früher in der Marterkammer unter den Händen des Henkers stöhnen und schreien hören. Heute waren es die Schmerzenslaute eines jungen, schwachen Weibes, die das Ohr der Lauschenden zerrissen.

Anna Hallbauer hatte auch nach der Publikation jenes Urteils kein Bekenntnis ihrer Schuld abgelegt. War sie unschuldig? Oder, da sie wohl wußte, daß die Strafe des Kindesmordes Enthauptung durch die Hand des Scharfrichters war, war ihre Liebe zum Leben zu groß, als daß sie sich entschließen konnte, ihre Schuld einzugestehen? Das eine oder das andere sollte ja noch erwiesen werden durch die Folter, durch den Versuch, ob das schwache Weib dem furchtbarsten körperlichen Schmerze nicht erliegen müsse, ob dieser sie nicht zwingen müsse, selbst unschuldig sich dem Tode durch Henkershand zu überliefern.

Der Gograf hatte den Scharfrichter von Münster kommen lassen. Der Scharfrichter, »der Vetter des Richters«, war zwar zu jener Zeit keine seltene Person; selbst die Höfe der Fürsten konnten ihn nicht entbehren, und noch im Jahre 1836 konnte man in dem Adreßkalender der Stadt Königsberg in Preußen einen »Hofscharfrichter« aufgeführt finden. Aber das Gogericht Sanden hatte es bis zu einem eigenen Scharfrichter nicht gebracht.

Der Scharfrichter von Münster war schon seit vier Tagen da. Nach Vorschrift des Urteils war die Inquisitin in seiner und der Marterwerkzeuge Gegenwart zuerst nochmals in Güte befragt worden. Sie war bei der Beteuerung ihrer Unschuld geblieben. In der nächsten Nacht – die Folter wurde gewöhnlich des Nachts vollstreckt – war sie in die Marterkammer geführt worden. Sie hatte das Bewußtsein verloren, als sie in dem dumpfen, nur dunkel erleuchteten Keller den Gografen und den Gerichtsschreiber und hinter ihnen den Scharfrichter mit seinen Henkersknechten und vor ihnen ausgebreitet die Werkzeuge der Marter, alles nur auf sie wartend, gesehen hatte. Man hatte sie wieder zu sich gebracht und sie noch einmal in Güte befragt; sie hatte Gott, die Engel und alle Heiligen zu Zeugen ihrer Unschuld aufgerufen. Der Scharfrichter hatte ihr die Daumenschrauben angelegt, einer seiner Knechte die Schrauben angezogen, ein anderer die Inquisitin gehalten. – Doch ich will meine Leser nicht martern mit der Beschreibung der Marter jener »Gerechtigkeit«. Und es ist nur die Beschreibung, nein, es ist nur die Andeutung einer Beschreibung von dem, was man damals schon seit vielen Jahrhunderten und noch viele Jahre lang tagtäglich in dem zivilisierten Europa » *als Recht*« tat. Wie vieles, wenn auch nicht gleiches, so doch ähnliches, muß noch heutzutage in dem nämlichen zivilisierten Europa den nämlichen Namen des Rechts führen!

Anna Hallbauer liebte das Leben und hatte so viel Recht dazu. Sie hatte einen Vater, dem sie Stütze und Pflegerin war; wenn sie die Wahrheit gesagt, so hatte sie einen geliebten Gatten und ein teures Kind. Und dann, sie war noch so jung! Aber der entsetzliche Schmerz überwand die Liebe zum Leben. – Sie bekannte.

»Hört auf, hört auf«, rief sie, »ich will alles bekennen, was Ihr wollt!«

»Hört auf«, befahl der Gograf dem Henker.

Aber dieses Aufhören bestand nach dem Rechte nicht darin, daß der Henker mit dem Foltern nachließ, sondern nur darin, daß er nicht zu stärkeren Martern überging. Die Schmerzen der Gefolterten dauerten fort.

»Was hast du zu bekennen?« fragte sie der Gograf. Die Inquisitin konnte nach dem Gerichtsgebrauche nur mit du angeredet werden. »Hast du dein Kind um das Leben gebracht?«

Die Hallbauerin schauderte.

»Ja!« preßte sie hervor.

Konnte das elende, schwache zartorganisierte Weib anders?

»Hattest du Gehilfen?«

»Nein!«

»Besinne dich! Auch auf diese Frage ist die Folter gegen dich erkannt.«

»Nein, nein! Ich will sterben. Ich will, ich muß ja! Aber kein anderer soll um meinetwillen unschuldig leiden.«

»Henker, fahrt fort.«

»Ja, ja!« schrie die Unglückliche.

»Also du hattest Gehilfen?«

»Ja, ja, wenn es nicht anders sein kann.«

»Du sollst, du darfst nur die Wahrheit sprechen! Wer hat dir geholfen?«

»Mein Mann«, sagte die Unglückliche.

Sagte sie es im Wahnsinne des Schmerzes oder in der Überzeugung, daß ihr Mann weit fort, daß sein Aufenthalt nicht einmal bekannt, daß er jedenfalls für den Arm der Gerechtigkeit in Sanden unerreichbar sei?

Wie viele tausend ähnliche unwahre Bezichtigungen hat der Schmerz der Folter ausgepreßt!

»Nicht auch dein Vater?« fragte der Gograf noch.

»Nein, um Gottes willen, nein!«

Der Gograf besann sich einen Augenblick.

»Dem richterlichen Urteile ist Genüge geschehen«, sagte er dann. »Man führe die Inquisitin in ihre Haft zurück.«

Die Gerichtsknechte mußten die halb Leblose in ihr Gefängnis tragen.

Nach dem Gesetze durften in der Marterkammer keine weiteren Fragen an sie gestellt werden. Man mußte sich mit ihrem einfachen Bekenntnis begnügen. Erst am zweiten oder dritten Tage nachher, wie es auch ausdrücklich in dem Urteile vorgeschrieben war, wenn der Schmerz nicht mehr unmittelbar einwirkte, durfte, und zwar in der ordentlichen Gerichtsstube, ein ausführliches Verhör über das in der Folterkammer abgelegte Geständnis mit ihr vorgenommen werden. Dies mußte zu dem Zwecke geschehen, um ein völlig gültiges Geständnis, die sogenannte Urgicht, von ihr zu erhalten.

Die Inquisitin war an dem zweiten Tage zu dem Verhör vorgeführt. Die Liebe zum Leben war mit ihrer vollen Gewalt in das arme Weib zurückgekehrt; sie wollte, sie konnte nicht sterben, so jung, durch die Hand des Henkers. Sie widerrief ihr Geständnis, ihre Bezichtigung.

Nach dem Gesetze wie nach dem Urteile mußte die »Peinlichkeit« mit ihr fortgesetzt werden. Es war nur damals ein Zweifel unter den Kriminalisten darüber, ob diese Fortsetzung mit Wiederholung derjenigen Marter, unter welcher das Geständnis abgelegt war, oder sogleich mit dem Weitergehen zu der erkannten schwereren Marter beginnen müsse. Der Gograf hatte sich für jene Meinung als die mildere entschieden. Die mildere! Mit neuer Zerbrechung der schon zerbrochenen Gliedmaßen sollte wieder angefangen werden.

Der Scharfrichter von Münster hatte, in Erwartung des möglichen Ausbleibens der »Urgicht«, in Sanden verbleiben müssen.

Die Nacht, in welcher die Bewohner des Dorfes Sanden, teils im Dorfe an ihren Häusern, teils in der Nähe des Amtshauses, entsetzt den Tönen eines entsetzlichen Schmerzes lauschten, hatte die Inquisitin Anna Hallbauer wieder in die Marterkammer geführt, wo Richter, Gerichtsschreiber, Henker und Marterinstrumente ihrer harrten.

Die Peinigung dauerte schon eine halbe Stunde. Wie oft hatte in dieser Zeit heller, fürchterlicher Schmerzensruf die Luft durchschnitten, in der weiteren Entfernung durchzittert, in der stillen, dunklen Nacht doppelt Grauen und Entsetzen erregend! Ein Beweis, daß die Unglückliche noch immer den Widerruf ihres Bekenntnisses nicht zurückgenommen hatte.

Es war eine Pause entstanden. Einen letzten, furchtbaren, das Herz der Horchenden zuschnürenden Schrei hatte man gehört. Darauf war es still geworden: Die Leute standen überall lautlos, in Angst, in Furcht, selbst in Hoffnung – in einer unbestimmten Hoffnung. Hatte der Gograf, obwohl die Inquisitin kein Bekenntnis abgelegt, die Folter als nur noch fernere nutzlose Grausamkeit einzustellen befohlen? Oder hatte die Inquisitin von neuem bekannt?

Oder hatte gar ein plötzlicher Tod der zu Tode Gemarterten allen ihren Leiden und Qualen ein Ende gemacht?

Auf einmal ertönte ein neuer Schrei aus der Tiefe der Marterkammer hervor. Die Leute fuhren zusammen, noch tief hinten im Dorfe.

»Das ist der spanische Stiefel!« flüsterte man sich mit angehaltenem Atem zu.

Der Schrei wiederholte sich, lange anhaltend; er wollte nicht aufhören.

Die Menschen in der Nähe des Amtshauses wichen unwillkürlich zurück.

Zu ihnen trat jemand, der einsam in der Nacht auf der vorbeiführenden Landstraße daherkam.

»Was gibt es hier, ihr Leute?« fragte der Wanderer in fremd klingender deutscher Mundart.

»Eine Kindesmörderin wird dort peinlich befragt«, antwortete man ihm.

Den Ausdruck kannte damals jedermann.

Der fremde Wanderer war ein kräftiger junger Mann mit einem hübschen, frischen, von einer gewissen freudigen Hoffnung strahlenden Gesichte. Sein Gesicht erbleichte wie von einer finstern Ahnung, als er die Antwort vernommen hatte.

»Wer ist die Unglückliche?« fragte er hastig.

»Eine Frauensperson aus dem Dorfe, Hallbauerin heißt sie.«

Der kräftige junge Mann wäre beinahe umgesunken.

»Anna Hallbauer? Anna, eine Kindesmörderin? Das ist nicht wahr!« rief er.

»Kennt Ihr sie, Landsmann?«

Der Fremde antwortete nicht. Er stürzte an das Gittertor, das den Amtshaushof von der Straße trennte; es war verschlossen. Er riß und schüttelte vergeblich daran und mußte aufhören.

In der Marterkammer war es still geworden, kein Schrei drang mehr daraus hervor. Durch die Stille der Nacht hörte man ein Schlagen von Türen.

Hatte man endlich die Unglückliche zu Tode gemartert? Die Menschen draußen vor dem Amtshausplatze standen in ängstlich gespannter Erwartung, auch der Fremde, der still und ruhig wie die anderen geworden war.

Nach einer Weile wurden Gestalten auf dem Amtshofe sichtbar. Einer aus der Menge rief durch das Gittertor hinüber: »Was ist's mit der Hallbauerin?«

»Je nun«, antwortete eine träge Stimme, wahrscheinlich die eines während der Marter schläfrig gewordenen Gerichtsknechts, »je nun, was wird's sein? Sie hat mal wieder gestanden, und da hat das Gericht die peinliche Frage für heute aufgehoben.«

Die Menge zerstreute sich. Als man sich nach dem Fremden umsah, war er verschwunden.

Das war kurz nach Mitternacht gewesen. Etwa vier Stunden später, als die erste Morgenröte den Himmelsrand streifte, war ein junger Mann vorsichtig über die Mauer gestiegen, die von allen Seiten den Amtshof umschloß. Es war der Fremde, der in der Nacht vergeblich das Gittertor zu öffnen versucht hatte. Im Innern des Hofes angelangt, hatte er nicht minder vorsichtig sich nach dem Gebäude der Amtsstube gewandt, eine Zeitlang nach Mauer und Fenster hinaufgeblickt und endlich in der Mitte zwischen zwei nebeneinander befindlichen schwervergitterten engen und schmalen Fenstern haltgemacht. Zu einem der Fenster kletterte er an der Mauer hinan; er klopfte einige Male leise an das alte, verwitterte Glas; er rief den Namen Anna, bekam aber keine Antwort. Durch das trübe, dicke Glas in der Mauer zu sehen war nicht möglich, auch wenn die Schatten der Nacht schon völlig entschwunden gewesen wären. Der junge Mann verließ das Fenster. Er kletterte an dem zweiten nebenan hinauf. Er klopfte auch dort leise an, rief auch dort den Namen Anna in den dunklen Raum hinein und hörte in diesem sich etwas bewegen.

»Anna!« rief er lauter.

Eine schwache Stimme antwortete, aber es waren unverständliche Laute, die er vernahm. Er erkannte gleichwohl die Stimme.

»Anna, Anna«, rief er, »ich bin's, Alphons.«

»Alphons!« schrie die Stimme in dem Kerker auf; laut, durchdringend, aber mit der letzten Anstrengung ihrer erschöpften Kraft.

Der junge Mann hatte seine Vorsicht vergessen, er schlug mit der Faust in das Fenster, daß die Scheiben klirrend in den Kerker hineinflogen.

»Anna, mein Weib, du lebst noch, du bist den Martern der Unmenschen nicht erlegen?«

»Ich lebe, Alphons, aber unser Kind! »Wo ist es, lebt es?« »Es lebt.«

»Ist es hier?«

»Ich mußte es in Straßburg zurücklassen.«

»O eile, fliehe, Alphons, es zu holen.«

»Ich führe dich zu ihm, Anna. Ich bin gekommen, dich abzuholen. Ich habe mir endlich nach den ungeheuersten Schwierigkeiten und Anstrengungen eine Existenz in meiner Heimat verschaffen können; ich führe dich hin. Ich befreie dich aus dem Kerker.«

»Unglücklicher«, rief die Frau, »fliehe und hole unser Kind. Sie würden dich wie mich ermorden, als seinen Mörder.«

»Aber Anna, es lebt!«

»Du kennst diese Unmenschen nicht, du kennst diese Grausamkeit nicht, die sie Gesetz, die sie ihr Recht nennen.«

Der junge Mann lachte trotz seines Schmerzes.

Aber die Unglückliche rief ihm flehend zu: »Ich beschwöre dich, Alphons, eile, unser Kind herbeizuschaffen, wir sind sonst beide verloren. Wisse, ich habe in dem Wahnsinn des Schmerzes heute schon zum zweiten Male mich und dich als die Mörder unseres Kindes angegeben. Verzeihe es mir, Alphons! Ich konnte nicht anders. Oh, wenn du diese furchtbaren Qualen kenntest! Aber eile, ich beschwöre dich!«

Der junge Mann lachte nicht mehr, er wollte mit ernsten Gründen der unglücklichen Frau das Unmögliche einer Gefahr für ihn und eines ferneren Verfahrens gegen sie auseinandersetzen. Ein Geräusch dicht hinter ihm, ein derber Griff, der ihn aus dem Fenster riß, unterbrachen ihn. Zwei Gefängnisknechte, wahrscheinlich geweckt durch das Klirren der eingeschlagenen Scheiben, hielten ihn und führten ihn, seines Sträubens und Protestierens ungeachtet, zum vorläufigen Verwahrsam in das Amtsgebäude ab.

Etwa sechs Wochen später saß der Gograf Schirmer eines Morgens sehr nachdenklich, dem Anscheine nach zugleich verstimmt, in seiner Stube. Er war nicht in seiner Amtsstube, er hatte keine Akten vor sich. Sein Nachdenken mochte daher etwas anderes als Geschäfte, wenigstens nicht diese allein, betreffen und so auch seine Verstimmung andere Gründe als bloß geschäftliche haben. Dergleichen Gründe lagen in der Tat nicht fern. Es war im Anfange des Monats Oktober, zu Ende des Monats Mai war seine Familie nach dem Bade Ems abgereist, und noch immer war sie nicht zurück. An eine solche lange Abwesenheit der Seinigen war nun zwar der Gograf seit langen Jahren gewohnt, allein diesmal dauerte die Abwesenheit aus dem Grunde so lange, weil der Gesundheitszustand seiner jüngsten Tochter Marianne sich noch immer nicht gebessert, nach den Briefen der Mutter vielmehr sogar sich verschlimmert hatte. Marianne war die Lieblingstochter des Gografen, sie hatte ein sanfteres, sinnigeres Gemüt, sie hatte mehr Liebe und Anhänglichkeit an den Vater gezeigt, als dies bei der leichtsinnigeren, der Mutter ähnlicheren älteren Tochter Ludmilla der Fall gewesen war. Die traurigen Nachrichten über sie hatten ihn um so mehr betrübt. Dazu war er seit einiger Zeit noch in eine besondere Unruhe versetzt, und zwar gleichfalls durch die jüngere Tochter und um derentwillen.

Er hatte, außer der Zeit der gewöhnlichen Korrespondenz seiner Frau, einen Brief aus Ems empfangen, der bloß einige Zeilen von seiner Tochter Marianne enthielt. Die Zeilen hatten nur eine kurze, aber desto angelegentlicher vorgetragene Anfrage ausgesprochen. Zufällig habe sie von einer Dame aus Münster, welche durch Ems gereiset, erfahren, daß in Sanden gegen eine Person eine Untersuchung wegen Kindesmordes schweben solle. Die Dame habe ihr nichts Näheres darüber mitteilen können, sie, Marianne, bitte ihren Vater nun dringend, daß er ihr doch Nachricht geben möge, aber nur ihr, nicht auch der Mutter und Schwester. Wozu wollte die Kranke diese Nachricht? Warum schrieb sie besonders und so dringend darum? Warum so geheimnisvoll, daß Mutter und Schwester nichts davon erfahren sollten? Der Gograf hatte auf das alles keine Antwort, er war nicht der Mann, der mit Nichtbeteiligten über Amtssachen sprach, er hatte daher über die Untersuchung der Hallbauerin nie etwas nach Ems geschrieben. Und da die Seinigen keine Domestiken von Hause dorthin mitgenommen, auch sonst mit der Heimat nicht korrespondierten, so war es erklärlich, daß ihnen von der Untersuchung gar nichts bekannt geworden war. Der kranken, lieben Tochter antwortete der Gograf, indem er ihr den Stand der Untersuchung mitteilte und daß er hoffe, sie bald zu Ende zu bringen.

Es waren beinahe vierzehn Tage vergangen, seitdem er diese Antwort nach Ems abgeschickt hatte. Er hatte an demselben Morgen, an welchem er nachdenklich und verstimmt in seiner Stube saß, einen Brief von seiner Frau erhalten, der ihn in eine neue, größere Unruhe versetzt hatte. Die Gogräfin fragte bei ihm an, was er denn an Marianne geschrieben, diese habe dieser Tage einen Brief von ihm erhalten, der sie in die heftigste Aufregung versetzt und ihren Zustand in hohem Grade verschlimmert habe; sie liege seitdem in Fieber und phantasiere fast fortwährend. Den Brief habe sie sofort zerrissen und die Stücke verbrannt; über seinen Inhalt wolle sie nichts mitteilen.

Der Gograf mochte zu einem Resultate seines Nachdenkens nicht gelangen können, er stand mit einem schweren Seufzer auf und verließ, noch immer nachsinnend, die Stube. Er verließ auch das Wohnhaus und begab sich quer über den Hof nach dem Seitengebäude, in welchem die Amtsstube war. Und sowie er dieses Gebäude betreten hatte, war er auf einmal ein anderer Mensch, war er wieder nur Beamter, der strenge Richter. Kein Zug von trübem Nachdenken mehr in seinem Gesichte. Er setzte in der Amtsstube sich auf seinen gewöhnlichen Platz; er nahm ein mächtiges Aktenstück vor, das dort auf dem Tische für ihn bereitlag. Ein Untervogt war ihm beim Eintreten gefolgt und still und steif an der Türe stehengeblieben, um ehrerbietig die Befehle des gestrengen Herrn Grafen zu empfangen.

»Der Gerichtsschreiber und die Schöffen sollen kommen«, befahl der Gograf.

Der Vogt entfernte sich. Nach einer Minute traten der Gerichtsschreiber und die beiden Gerichtsschöffen, die zur besetzten peinlichen Gerichtsbank gehörten, ein, hinter ihnen wieder der Vogt.

»Inquisit Alphons Fausting ist vorzuführen«, befahl der Gograf weiter.

Der Vogt entfernte sich noch einmal. Nach einiger Zeit wurde durch ihn und den Gefängnisknecht der Inquisit hereingeführt.

Die beiden Unterbeamten verließen auf einen Wink des Gografen das Gerichtszimmer.

Alphons Fausting hatte seit sechs Wochen, beschuldigt der Teilnahme an dem von der Hallbauerin verübten Kindesmorde, in den Gefängnissen des Amtshauses gelegen, er hatte in dieser Zeit vieles gelitten und erduldet. Gleichwohl erschien der kräftige junge Mann nicht geschwächt oder gar verfallen. Nur die gewöhnliche Blässe, welche ein längerer Aufenthalt in der dumpfen Gefängnisluft mit sich führt, lag auf seinem Gesichte. Im übrigen war seine Haltung gerade, sein Gang fest, und seine schwarzen, lebhaften Augen hatten nichts von ihrem Glanze und von ihrer Lebhaftigkeit verloren. Ihr ruhiger, klarer, furchtloser, fast stolzer Blick zeigte zugleich, wie die Kraft seines Körpers mit einer großen Kraft des Willens in Verbindung stehe. Sein ganzes Wesen verriet überhaupt einen Mann, der mehr innere und äußere Bildung besaß, als man selbst nach seiner Beschäftigung als Buchdrucker – in der damaligen Zeit – bei ihm voraussetzen konnte.

»Inquisit Alphons Fausting«, redete der Gograf mit der ruhigen kalten Strenge des Inquirenten den Inquisiten an, der als solcher auch dem du des Richters verfallen war, »die Generaluntersuchung ist gegen dich abgeschlossen, die Spezialinquisition ist bereits eingeleitet. Du bist auch schon auf Artikel vernommen. Überall hast du das dir zur Last gelegte schwere Verbrechen abgeleugnet, gleichwohl sprechen nicht wenige sehr schwere Indizien gegen dich, und es hat daher das Urteil auf die peinliche Frage wider dich erlassen werden müssen. Bevor ich dir nun dasselbe publiziere, wollte ich noch einmal in Güte versuchen, ein Bekenntnis der Wahrheit von dir zu erhalten. Zu diesem Zwecke habe ich dich vorführen lassen. Solltest du noch immer verstockt bleiben, so würde ich dir alsdann sofort das Urteil publizieren müssen, und noch in heutiger Nacht würde, da der Scharfrichter gerade hier anwesend ist, mit der Tortur gegen dich verfahren werden müssen.«

Ruhig, wie der Richter gesprochen hatte, antwortete ihm der Inquisit: »Herr Gograf«, sagte er, »ich bin unschuldig, ich war ebenso völlig unschuldig wie das arme Geschöpf, mein Weib, das Sie nun schon seit beinahe fünf Monaten mit Ihren Martern hier quälen. Sie wollen auch mich jetzt auf die Folterbank spannen, Sie wollen auch mich durch den körperlichen Schmerz zwingen, daß ich gegen mich selbst und damit zugleich gegen mein braves Weib zum Lügner werde, daß ich uns beide unschuldig dem Schafott überliefere. Aber, Herr Gograf, Sie werden bei mir Ihren Zweck nicht erreichen. Sie haben keine schwache Frau vor sich, in welcher der furchtbare augenblickliche Schmerz selbst die unendliche Liebe zum Leben unterdrücken konnte. Ich widerstehe Ihren Qualen allen. Sie werden mich in Ihrer Folterkammer zu Tode martern können, aber ein Geständnis werden Sie nie von mir erpressen. Jetzt tun Sie, was Sie wollen. Hören Sie nur noch *ein* Wort von mir: Einst wird meine und meines Weibes Unschuld klarwerden; dann werden Sie selbst in Verzweiflung das Blut der Unschuldigen, das Sie vergossen haben, über Ihr Haupt rufen.«

Durch das feste, eiserne Gesicht des Gografen zog sich unwillkürlich eine Blässe. Es war ihm in seinem Amte vielleicht noch nie widerfahren. Waren ihm plötzlich die Briefe der Mutter und der Tochter in das Gedächtnis gekommen? Aber in welcher Verbindung standen sie denn mit den Worten des Inquisiten?

Ein menschliches Gefühl hatte nur für einen Augenblick in die geschäftlichen Gedanken des Richters sich eindrängen können.

»Inquisit«, sagte er, »ich folge meiner Amtspflicht, sie gebietet mir, noch einmal vor jenem Wege der Strenge, in Güte dir die sämtlichen Verdachtsgründe vorzuhalten, welche gegen dich vorliegen. Höre mir ruhig zu und antworte auf meine Fragen. Du hast einräumen müssen, mit der Inquisitin Anna Hallbauerin über Jahr und Tag wie Mann und Frau zusammen gelebt zu haben. Ist es so?«

»So ist es«, antwortete Alphons Fausting, »aber wir waren getraut; wir sind Mann und Frau.«

»Du hast das nicht bewiesen, du hast es nicht einmal wahrscheinlich machen können.«

»Es ist ein Unglück für uns, daß der fromme Pater gestorben ist, der uns getraut hat, und daß ich später auf meinen Reisen in Frankreich den Trauschein verloren habe; aber meine Schwester hat beschworen, daß ich ihr ihn gezeigt, daß sie ihn gelesen hat.«

»Was jenes Unglück betrifft, Inquisit, so berief auch die Hallbauerin sich darauf, berufen sich alle Verbrecher darauf, wenn sie ihre Lügen nicht beweisen können. Deine Schwester aber, die jetzt ermittelt ist, hat nur ein Papier gesehen, das sie für einen echten Trauschein gehalten hat, für dessen Echtheit jedoch nichts feststeht. – Doch weiter. Du hast einräumen müssen, daß die Anna Hallbauerin im September vorigen Jahres ein Kind, einen Knaben, geboren hat. Dieses Kind aber ist spurlos verschwunden.«

»Herr Gograf«, sprach lebhaft der Inquisit, »das Kind ist nicht verschwunden. Meine Schwester, mein Schwager, die Sie früher nicht hatten ermitteln können, haben es mit einem Eide bekräftigt, daß ich ihnen im November vorigen Jahres mein Kind, das wir nicht fremden Leuten in Köln überlassen wollten, das meine Frau hierher nicht mit sich nehmen konnte und das ich unter den größten Beschwerden mit mir geführt hatte – daß, ich ihnen dies Kind überbracht habe. Es lebt noch bei ihnen, wie die dortige Obrigkeit bestätigt hat.« »Aber«, entgegnete ruhig wie immer der Gograf, »niemand hat behaupten, geschweige beschwören können, daß jenes Kind das Kind der Hallbauerin sei.«

»Wessen Kind sollte es denn sein, Herr Gograf?«

»Darum hat das Gericht sich gesetzlich nicht zu kümmern, um so weniger, als nach den Zeugnissen der Polizei in Köln feststeht, daß du dort einen sehr leichtsinnigen Lebenswandel geführt hast.«

»Oh, diese polizeilichen Zeugnisse!«

»Doch genug über diesen Gegenstand«, fuhr der Gograf fort, »all deine Angaben über ein gesetzmäßiges Verhältnis zu der Hallbauerin werden schon durch einen Umstand widerlegt, daß du beinahe ein ganzes Jahr lang von ihr entfernt warst, ohne ihr nur die geringste Nachricht über dich und euer angebliches Kind zukommen zu lassen.«

»Das hatte seinen natürlichen Grund«, antwortete der Inquisit. »Ich hatte mit meiner Frau verabredet, daß ich ihr erst dann Nachricht von mir geben wolle, wenn ich ihr und mir ein gesichertes Auskommen verschafft hätte und zugleich imstande sei, sie in unser neues Hauswesen einzuführen. Ich ging, nachdem ich mein Kind untergebracht hatte, nach Paris; ich habe dort viel arbeiten müssen, bevor es mir gelang, mir eine auskömmliche Stellung zu verschaffen. Und bin ich darauf denn nicht sofort hierhergekommen? Ist nicht der Beweis der, daß Sie mich schon seit sechs Wochen hier in Haft halten? Wie wäre ich denn hierhergekommen, wenn es anders gewesen wäre, wenn ich mich des Verbrechens schuldig gefühlt hätte, dessen ich hier angeklagt werde?«

»Inquisit«, ermahnte der Gograf, »berufe dich nicht zu deiner Verteidigung auf etwas, was so klar und dringend für deine Schuld spricht. Wurdest du nicht in dem Augenblicke ergriffen, als du sogar den strafbaren Versuch machtest, deine Mitschuldige den Händen der Gerechtigkeit zu entreißen?«

»Großer Gott«, rief der Mann, »welche Gesetze des Denkens gelten in diesen Räumen, die man die Räume des Rechts nennt!«

»Laß mich fortfahren«, sagte der Gograf, »das Kind der Hallbauerin, nach deinem und ihrem eigenen Zugeständnisse euer beider Kind, war verschwunden. Aber hier, unweit der Wohnung der Hallbauerin, wurde die Leiche eines ermordeten, neugeborenen Kindes aufgefunden, und die Hallbauerin hat nach langem hartnäckigem Leugnen bekennen müssen, daß es die Leiche ihres Kindes sei, ihres von ihr mit deiner Beihilfe ermordeten Kindes. Was hast du darauf zu erwidern?«

»Was ich darauf zu erwidern habe«, entgegnete mit dem Tone schmerzlicher Bitterkeit der junge Mann, »nur Ihre eigenen Worte, Herr Gograf. Ja, die Unglückliche hat dieses Bekenntnis ablegen müssen, die fürchterlichsten, die unmenschlichsten Martern und Qualen haben das arme schwache Weib endlich gezwungen, sich als Mörderin zu bekennen.«

»Sie hat in der ›Urgicht‹ alles bestätigt«, sagte der Gograf, »wiederholt aus freien Stücken, unter keiner Einwirkung des Schmerzes.«

Der Inquisit lachte bitterer.

»Ich kenne diese jämmerliche ›Urgicht‹«, rief er, »dieses empörende Blendwerk, das die Rechtsgelehrten erschaffen haben, um die Welt und ihre eigenen Gewissen durch die Lüge zu beruhigen, daß ein freiwillig und frei abgelegtes Geständnis vorliege, auf dessen Grund sie nun die Beute, die sie nicht aus ihren Krallen lassen wollten, doch zuletzt dem Arme des Henkers überliefern können. Das ist auch eine von den Freiheiten, mit denen die Welt betrogen und geknechtet wird. Was wäre das Los des unglücklichen Weibes gewesen, wenn sie nicht in jener ›Urgicht‹ das Bekenntnis wiederholt hätte, das die Schmerzen der Folter ihr abgepreßt hatten? Daß man sie zum dritten Male auf die Folterbank geschleppt und gepeinigt hätte, bis sie bekannte, daß man alsdann die dritte ›Urgicht‹ von ihr gefordert und, wenn sie nochmals widerrufen, sie zum vierten Male durch die Tortur gezwungen hätte und so immer fort, bis der Tod mitleidig ihr die Freiheit und die Ruhe und den Frieden geschenkt hätte. Das wäre die Folge gewesen, Herr Richter, hätte sie jene ›Urgicht‹ verweigert, auf die Sie so viel Gewicht legen. Sie wollte sie dennoch verweigern, ihr unschuldiges, reines Herz konnte den Gedanken nicht ertragen, daß die Welt sie als eine Verbrecherin verdammen, daß sie mich ebenfalls falsch bezichtigt habe. Und dann – die Arme wollte so ungern von diesem Leben scheiden, von ihrem Kinde, von mir. Aber da habe ich, ich selbst, ihr zugeredet, daß sie nicht widerrufen, daß sie auch bei ihrer falschen Bezichtigung gegen mich verbleiben solle. Ich glaubte ja auch damals noch, wenngleich nicht an menschliche, doch an einsichtige Richter, deren Verstand von der Raserei eines Gesetzesparagraphen nicht geblendet werden könne. Ich hoffte, durch mein Zeugnis, durch das Zeugnis meiner Angehörigen, vor allem durch Wiederherbeischaffung des Kindes jenes lächerliche Lügennetz, das Sie einen Indizienbeweis nennen, zerreißen zu können, zerreißen zu müssen, durch Beweise, welche für die Vernunft klarer seien, die nur der Unvernunft nicht einleuchten konnten. Ich habe mich auch darin geirrt. Sei es! Fahren Sie fort, Herr Richter, Herr Gograf, wie Sie diese Sache mit Ihren verrotteten alten Gesetzen und verknöcherten neuen Lehrbüchern in der Hand begonnen und ausgesponnen haben. Übergeben Sie uns dem Henker, und rufen Sie die Blutschuld über sich und Ihr und der Ihrigen Häupter.«

Der junge Mann schwieg mit einem stolzen Blicke; es war ein Blick des erhebendsten Bewußtseins der Unschuld. Aber das Gesetz sah ihn nicht, mithin durfte auch der Richter ihn nicht sehen.

»Inquisit«, sagte mit der Ruhe und Würde des Gesetzes der Gograf, »Inquisit, solche Deklamationen vermögen das Recht nicht zu alterieren. Die Inquisitin Hallbauerin hat in der ›Urgicht‹ ihr Bekenntnis gegen sich selbst und gegen dich wiederholt. Die ›Urgicht‹ ist nach den Gesetzen vollständig gegen den, der sie ablegt, beweisend. Andererseits bildet aber die freie, ohne andere Beihilfe erfolgte Bezichtigung von Seiten eines geständigen Inquisiten ein nahes Indizium gegen den Bezichtigten. Es liegen also der Anzeigen genug gegen dich vor, welche die peinliche Frage nicht nur rechtfertigen, sondern sogar fordern. Was hast du dawider anzubringen?«

»Herr Gograf«, entgegnete der junge Mann kalt, »ich habe Ihnen bereits gesagt, Sie können mit mir machen, was Sie wollen, aber eine Frage möchte ich mir doch an Sie erlauben. Die unglückliche Mutter soll ihr Kind hier in Sanden getötet haben, nicht wahr?«

»So ist es anzunehmen«, versetzte der Gograf, »da die Leiche hier gefunden ist; so hat die Hallbauerin auch zugestanden.«

»Das Verbrechen soll verübt sein im Oktober vorigen Jahres?«

»Bald nach der Rückkehr der Hallbauerin; ihre eigene Aussage lautet so.«

»Herr Gograf, Sie haben mir schon früher entgegengehalten, daß ich erst seit dem Ende des Monats November einen Aufenthalt anderswo, namentlich in meiner Heimat, hätte nachweisen können. Ich darf mich also Ihren Gesetzen nach nicht darauf berufen, daß ich gleichzeitig mit Anna von Köln, aber in völlig verschiedener Richtung als sie, abgereist bin. Aber fragen darf ich Sie, Herr Gograf, ob denn zu jener Zeit, im ganzen Monat Oktober, überhaupt nur jemals vor dem Tage meiner hiesigen Gefangennehmung ein einziger Mensch mich hier oder auf viele Meilen in der Gegend gesehen hat?«

»Nach den Gesetzen«, bemerkte ruhig der Gograf, »kann das nicht für nötig erachtet werden.«

»Nach den Gesetzen? Muß nach den Gesetzen ich beweisen, daß ich nicht hier war? Gilt denn hier nicht das Gesetz der Vernunft, nach welchem man dem Verbrecher zu allererst beweisen müßte, daß er an dem Orte, wo er das Verbrechen verübt haben soll, auch anwesend gewesen sei?«

Der Gograf zuckte die Achseln.

»Inquisit«, sagte er, »ich habe die Gesetze hier gegen die Inquisiten zur Anwendung zu bringen, nicht aber mit diesen über sie zu streiten. Das Geständnis deiner Mitschuldigen in Verbindung mit den anderen Indizien qualifiziert dich zur Tortur. Hast du sonst noch etwas anzuführen?«

»Nein, Herr Gograf, ich könnte Sie zwar noch fragen, warum, wenn ich das Kind töten half, nicht ich, sondern die kranke, schwache Anna in der stürmischen Herbstnacht die Leiche in den Teich trug, wie Sie mir vorgehalten haben; ich könnte noch manche ähnliche Frage stellen, aber was hilft es mir gegenüber demjenigen, was Sie Ihr Gesetz und Recht nennen? Eröffnen Sie mir jenes Urteil, das Sie für mich fertig haben. Oder meinetwegen sparen Sie sich auch die Mühe, ich weiß ja ohnehin den Inhalt, und lassen Sie mich sofort auf Ihre Torturbank führen. Der Scharfrichter von Münster ist ja schon hier.«

Die Gesetzesruhe des Gografen war nicht zu erschüttern. »Auf jene Frage«, sagte er, »könnte ich einfach antworten, daß wohl die Hallbauerin die Gegend hier kannte, aber nicht du. Wenn du im übrigen weiter nichts anführen willst, so werde und muß ich nunmehr zur Eröffnung des wider dich erlassenen Urteils schreiten. Gerichtsschreiber, verlesen Sie das Urteil.«

Der Gerichtsschreiber verlas das Erkenntnis. Es lautete ähnlich wie das gegen die Hallbauerin: Gegen den Inquisiten sein sehr viele und darunter sehr triftige Indizien vorhanden, durch die Bezichtigung der geständigen Inquisitin Anna Hallbauerin sogar ein nahes; es sei mithin wider Inquisiten mehr als ein halber Beweis erfüllt und daher die Anwendung der peinlichen Frage als notwendig indiziert, welche darauf zu richten, ob er nicht der Anna Hallbauerin in der von dieser vollbrachten Tötung ihres neugeborenen Kindes eine tätige Hilfe geleistet habe. Hierüber soll Inquisit vorab nochmalen in Güte, nach beweglichem Zureden jedoch in Gegenwart des Scharfrichters und derer zur Peinlichkeit gehörenden Werkzeuge vernommen, wenn aber auch solches fruchtlos bleiben sollte, ohne weiteres zur Marterbank geführt und dem Scharfrichter zur peinlichen Frage übergeben werden. Diese peinliche Frage war indes für den Inquisiten anders bestimmt als für die Hallbauerin. Es hieß nämlich in dem Erkenntnisse weiter. »Dieweilen nun aber Inquisit ein sehr kräftiger, muskulöser und strammer Mensch, derselbe auch in denen Verhören zum öftern sich berühmet, man solle nicht meinen, daß man in ihm ein schwaches Weib wie die Hallbauerin vorhabe, welches man ohne sonderliche Beschwerde zu einem Bekenntnisse habe zwingen können, er lasse sich weder durch Daumenschrauben noch durch spanische Stiefel erschrecken; nach denen allem folglich wohl sich zu ihm zu versehen, daß die einfachen Grade der Tortur bei diesem verstockten und verhärteten Menschen zu einem gedeihlichen Ziele nicht führen werden. Als wir hiermit erkannt und verordnet, einmal, daß jene benannten ersten Grade der peinlichen Frage sofort mit der sogenannten bambergischen Tortur zu verbinden, und zum anderen, falls auch dieses nicht fruchten möchte, der Inquisit weiter mit dem gespickten Hasen auf der Leiter auszuspannen sei« und so weiter.

Alphons Fausting hatte die Vorlesung des Erkenntnisses unbeweglich angehört. Es war ihm darauf nochmals in Gegenwart des Scharfrichters und angesichts der Mordwerkzeuge desselben in Güte und beweglich zugeredet worden; er hatte sich einfach auf seine Unschuld berufen. Es hatte hierauf das Gericht mit dem Scharfrichter und dem Inquisiten sich in die Marterkammer begeben, wo die Henkersknechte schon warteten. Der Inquisit wurde hier dem Scharfrichter übergeben.

In diesem Augenblick wurde eilig an die starke eichene Tür der Marterkammer geklopft. Einer der Gerichtsknechte öffnete die Tür, der Bediente des Gografen stand draußen und wünschte dringend seinen Herrn zu sprechen. Der Gograf trat in die Tür, unwillig über die Unterbrechung.

Soeben, meldete der Bediente, sei vor dem Amtshause in einer Extrapost Seine Exzellenz, der Gutsherr, mit noch einem jüngeren Herrn vorgefahren. Die beiden Herren seien ausgestiegen und in das Amtshaus gegangen, und Seine Exzellenz lassen den Herrn Gografen bitten, sich sogleich zu ihnen zu bemühen.

Der Gograf schien einen Augenblick unschlüssig zu sein, ob er über den Besuch den richterlichen Akt, der ohne seine Anwesenheit nicht fortgesetzt werden konnte, unterbrechen solle, unterbrechen dürfe oder nicht. Aber es war der Besuch seines Gerichtsherrn. Er befahl, mit jedem weiteren Vorhaben einstweilen einzuhalten, und begab sich in das Amtshaus zu seinen Gästen.

Der Freiherr von Droste war ein schöner, noch rüstiger Greis. Man erkannte in ihm sofort den gewandten, mehr als gewöhnlich gebildeten Diplomaten. Sein Begleiter war sein Sohn, Attaché bei der österreichischen Gesandtschaft in Paris, ein junger Mann mit einem sehr lebhaften und geistreichen Gesichte, der aber, wenigstens äußerlich, noch viel von seinem lebhaften und geistreichen Wesen ablegen mußte, wenn er der Diplomat werden wollte, der sein Vater war.

»Sie entschuldigen, lieber Gograf«, sagte der Gesandte, »daß ich Sie ohne weiteres in Ihrem Hause überfallen habe. Mein Schloß steht wüst und leer, bei Ihnen war ich einer freundlichen Aufnahme gewiß. Außerdem hat mein Sohn eine Bitte an Sie, und hitzig und ungeduldig, wie die Jugend einmal ist, konnte er kaum den Augenblick erwarten, sie bei Ihnen anzubringen.«

Der junge Freiherr begann auch sofort mit seiner Bitte. »Es soll ein junger Mann namens Fausting bei Ihnen in Untersuchung stehen?«

»Zu Befehl, Herr Baron.«

»Wessen wird er beschuldigt?«

»Der Beihilfe zu einem von seiner Zuhälterin verübten Kindesmorde.«

»Also in der Tat: Alphons?« rief der junge Freiherr.

»Der Herr Baron kennt den Menschen?«

»Ich habe ihn in Paris kennengelernt. Er war für die Druckerei der Gesandtschaft beschäftigt. Es war ein durchaus braver Mensch. Ich hielt ihn keines Verbrechens fähig, ich kann das auch jetzt nicht.«

Der Gograf teilte die bisherigen Ergebnisse der Untersuchung mit.

»Und jetzt?« fragte der junge Freiherr.

»In diesem Augenblicke sollte mit dem Inquisiten die peinliche Frage beginnen.«

»Sie wollen wirklich zur Tortur gegen ihn schreiten?«

»Das Gesetz befiehlt es.«

»Das Gesetz?« rief lebhaft der junge Mann. »Es ist ein Gesetz der Unvernunft, des Wahnsinns.«

»Es ist ein Gesetz, Herr Baron«, sagte ruhig, aber in der vollen Überzeugung des Rechts, der Gograf, »das bei allen zivilisierten Völkern gilt.«

»Eine entsetzliche Zivilisation! Aber Sie haben unrecht, mein Herr. Der edle Jesuit Friedrich von Spee konnte in seiner verfinsterten Zeit nur vergebens seine Stimme erheben, aber mit desto mehr Erfolg verdammt die neuere Philosophie diese Barbarei; Thomasius und Beccaria schon vor längeren Jahren, jetzt auch der freimütige Sonnenfels in Wien.«

»Es sind Ideologen und Neologen«, zuckte der Gograf die Achseln, »die mit ihren neuen Lehren schwerlich das alte, feste Gebäude des Rechts niederreißen werden.«

»Aber hat denn nicht schon im Jahre siebzehnhundertvierzig Friedrich der Große von Preußen in seinen Staaten, auch hier in Ihrer nächsten Nachbarschaft, die Folter aufgehoben?«

»Vergessen Sie darüber nicht, Herr Baron, daß sie dagegen überall anderswo noch besteht. Und was Preußen betrifft, so bin ich fest überzeugt, daß man sie dort schon wieder einführen wird, wenn auch unter einem anderen Namen, wie das dort öfters geschieht.«

»Überall, sagen Sie, mein Herr? In England hat man die Tortur niemals gekannt.«

»Traurig genug, Herr Baron. Gestatten Sie mir, Ihnen zu wiederholen, was darüber ein ausgezeichneter Rechtsgelehrter sagt: ›In England ist bis dato die Tortur noch nicht gebräuchlich; daselbst muß das gerügte oder angeklagte Verbrechen allezeit mit Zeugen völlig bewiesen oder, in Ermangelung dessen, der Angeklagte absolviert werden, da denn ein passionierter Zeuge leicht einen Menschen in das Reich der Toten schaffen kann.‹«

»Das hat nur ein deutscher Rechtsgelehrter sagen können!« rief der Freiherr.

»Die deutsche Rechtsgelehrtheit ist die gründlichste und ehrlichste der Welt.«

»Oh, leider so gründlich, daß ihr die Vernunft, und so ehrlich, daß ihr das Bewußtsein ihrer Unvernunft abhanden gekommen ist. Wie, mein Herr, haben denn Ihre Rechtsgelehrten gar kein Verständnis für den Unsinn, der darin liegt, einen Menschen, den man mit dem Tode, oft nur gar mit dem Zuchthause bestrafen will, den man aber nicht bestrafen kann, weil es an Beweis gegen ihn, an seinem Geständnisse fehlt, so lange zu martern, bis er seinen Geist aufgibt, bloß zu dem Zwecke, um jenes Geständnis von ihm zu erhalten? Warum tötete man da nicht gleich?«

»Er kann auch die Tortur überdauern«, bemerkte der Gograf.

»Um sein Leben lang ein elender Krüppel zu bleiben!«

Der Gesandte hatte während dieser von der einen Seite so lebhaft und von der anderen so ruhig geführten Unterredung sich mit den schönen Blumen beschäftigt, die in den Fenstern der Stube standen; nur von Zeit zu Zeit hatte ein feines spöttisches Lächeln gezeigt, daß und welchen Anteil er an dem Gespräche nahm. Er wandte sich zu den Streitenden. »Maximilian«, sagte er zu seinem Sohn, »du hast in deinem nicht recht diplomatischen Eifer die Hauptsache aus den Augen verloren. Laß mich sie in deinem Namen verfolgen. Lieber Gograf, aus Ihrer eigenen Darstellung der Untersuchung habe ich die Überzeugung gewonnen, daß, nehmen Sie mir es nicht übel, für jeden Menschen, der nicht eben ein Jurist ist, nur ein sehr schwacher, im Grunde gar kein Beweis vorliegt, ein Beweis etwa wie ein von Karten aufgebautes Haus, das der leiseste Hauch über den Haufen wirft.

Der Unbefangene sieht nur eine gewisse Anzahl vereinzelter Tatsachen, von denen keine einzige im entferntesten auf irgendein, am allerwenigsten auf das angeklagte Verbrechen hinweisen kann und die miteinander nicht in der geringsten Verbindung stehen. Sie haben sie gleichwohl, und zwar als ebenso viele einzelne Beweismomente, zusammen verbunden, willkürlich, künstlich, gewaltsam. In dieser Verbindung haben Sie dann jenes Phantom gefunden, das Ihre Wissenschaft einen halben Beweis nennt, als wenn eine und dieselbe Tatsache, die Schuld eines Menschen, zugleich halb wahr und halb nicht wahr sein könnte. Auf Grundlage dieses halben Beweises gab Ihre Wissenschaft, freilich an der Hand barbarischer Gesetze vergangener Jahrhunderte, Ihnen die Autorisation zu jener Unmenschlichkeit, die man Folter nennt. Sie preßten dadurch ein Geständnis hervor, das Ihre Wissenschaft, wiederum aller Vernunft zum Trotze, ein freies nennt. Und nun hatten Sie sich aus nichts einen von Ihrer Wissenschaft und Ihrem Rechte sogenannten vollen Beweis geschaffen, auf dessen Grundlage Sie jetzt mit gutem Gewissen eine völlig Unschuldige als eine voll überwiesene Verbrecherin dem Henker übergeben können. Das ist noch nicht genug. Jenes auf der Folter erpreßte Geständnis macht nach der Weisheit Ihrer Gesetze und Ihrer Rechtslehrer auch einen halben Beweis gegen einen unschuldigen Dritten; dieser soll danach halb überführt sein, an einem Verbrechen teilgenommen zu haben, das zu einer Zeit begangen ist, als er Hunderte von Meilen davon entfernt war. Der halbe Beweis autorisiert Sie auch gegen ihn zu der Folter. Er wird, er muß bekennen, und Sie haben zwei Opfer für den Henker. Und wie war das alles möglich? Sie sind ein redlicher, gewissenhafter Mann, lieber Gograf; es gibt keinen redlichern Richter. Sie sind ein verständiger Mann, Sie gehören zu den scharfsinnigsten Juristen. Und gäbe es einen gewissenhafteren und noch scharfsinnigeren Richter als Sie, er hätte ganz wie Sie gehandelt. Wie war jenes alles, wie wäre dieses möglich gewesen? Schlechte Gesetze und eine in Unnatur sich ergehende Wissenschaft können keine andern Früchte tragen. Ich streite deshalb auch nicht mit Ihnen in der Sache, die uns beschäftigt. Aber lassen Sie mich die Bitte meines Sohnes unterstützen. Mein Sohn verbürgt sich für den Angeklagten, den er als einen braven Menschen kennengelernt hat. Er verbürgt sich in gleicher Weise für die angeklagte Frau, die jener schon in Paris meinem Sohne als seine angetraute brave Frau bezeichnet hat. So dächte ich denn, Sie ließen die ganze Sache auf sich beruhen, setzten die beiden Leute in Freiheit und reponierten Akta, wie es ja in Ihrer Gerichtssprache wohl heißt.«

Der Gograf hatte sich sehr zusammennehmen müssen, um bei jenen Angriffen gegen sein Recht und sein Verfahren seine Ruhe zu bewahren. Er hatte es sich gewiß zum öftern sagen müssen, daß ein hochstehender ausgezeichneter Diener des Kaisers so zu ihm sprach, der zudem sein Gerichtsherr war. Die zuletzt an ihn gestellte Zumutung war ihm aber doch gar zu exorbitant chevaleresk.

»Exzellenz«, erwiderte er, zwar mit einer sehr ehrerbietigen Verbeugung, aber eifriger, lauter, als es sich für den strengen Mann des Gesetzes wohl schicken mochte, »Sie verlangen eine Unmöglichkeit von mir.« Ruhiger setzte er hinzu: »Ich darf hier nur dem Gesetze folgen; das allein ist meine Pflicht, gnädiger Herr.«

Der lebhafte, noch nicht diplomatisierte junge Freiherr hatte seine Ungeduld lange bemeistert. Bei diesen Worten konnte er es nicht mehr.

»Mein Herr«, rief er, »vergessen Sie nicht, daß Sie hier nur der Gerichtshalter sind, nicht der Gerichtsherr.«

Der Gograf sah ihn mit seiner ganzen richterlichen Würde an. »Der Gerichtsherr«, sagte er ruhig, »kann, wenn ich mich vergehe, mich meines Amtes, aber er kann mich nie meiner Pflicht entbinden.«

»Wohlan«, versetzte heftig der junge Herr, »so entbinde ich Sie Ihres Amtes. Mein Vater hat mir Sanden übertragen. Ich bin jetzt hier Gerichtsherr.«

»Maximilian«, rief mit ernstem Vorwurfe und zugleich entschieden befehlend der Gesandte, »Maximilian, du nimmst das unbedachte Wort zurück!«

Der junge Freiherr konnte es nicht mehr zurücknehmen.

Der Gograf wollte ihm etwas erwidern, als auf einmal die Tür geöffnet wurde; der Bediente trat ein und überreichte ihm einen Brief.

»Er ward heute früh auf der Post übersehen«, berichtete der Diener.

Der Gograf sah die Aufschrift und erblaßte.

»Von Mariannen?« sagte er unwillkürlich laut, in großer Unruhe. Er wollte gegenüber seinem Besuche den Brief zurücklegen.

»Lesen Sie vorher«, sagte der aufmerksame und höfliche alte Diplomat.

Der Gograf riß das Siegel auf, er durchflog die Zeilen. Leichenblässe bedeckte sein Gesicht, einen Augenblick mußte er sich an dem Stuhle halten, an dem er stand, dann nahm er all seine Kraft zusammen.

»Herr Baron«, sagte er, »ich nehme die Entlassung an, die Sie mir gegeben haben; Exzellenz, ich bitte Sie, die Bestimmung Ihres Herrn Sohnes zu genehmigen.«

Der alte Diplomat und der junge Freiherr überzeugten sich, daß nicht das unbedachte Wort des letzteren, daß nur der Inhalt des Briefes und nur ein tieferschütternder Inhalt desselben den Gografen zu seiner plötzlichen Bitte könne veranlaßt haben.

»Lassen Sie uns von der Sache abbrechen«, sagte der Gesandte.

»Ich beschwöre Sie, Exzellenz!«

»Später.«

Der Gograf hatte keine Ruhe mehr. Noch in derselben Stunde gab er an die beiden Freiherren in förmlicher und feierlicher Urkunde seine Entlassung ein mit dem ausdrücklich hervorgehobenen Bemerken, daß er sich schon in dem nämlichen Momente, da der jüngere Freiherr jene Worte gesprochen, als seines Amtes entlassen betrachtet habe.

Wollte der Mann des Gesetzes sein amtliches Gewissen beschwichtigen? Der tote Buchstabe des Gesetzes kann viel aus einem Menschen machen, auch aus dem bravsten.

Der Inhalt jenes Briefes wurde nie bekannt. Der Gograf reiste noch in der Nacht, nachdem er seine dringendsten Angelegenheiten geordnet, von Sanden ab. Er war nach Ems gereist und hatte sich dort nur eine halbe Stunde aufgehalten. Er hatte mit seiner kranken Tochter Marianne allein gesprochen, dann war er sofort mit ihr weitergereist. Seine Frau hatte er nicht sprechen wollen. Der älteren

Tochter Ludmilla hatte er freigestellt, ob sie bei ihm oder der Mutter bleiben wolle. Sie war bei der Mutter geblieben. Die kranke Marianne brachte er in ein Kloster in Frankreich, er selbst blieb dort in der Nähe. Nach Sanden war er nie zurückgekehrt, freilich auch die Gogräfin nicht. Die beiden Gatten hatten sich nie wiedergesehen.

Die Hallbauerin und ihr Mann Alphons Fausting wurden in Freiheit gesetzt, der Prozeß gegen sie wurde niedergeschlagen. Sie zogen nach Straßburg, wo die arme Frau mit ihrer gelähmten Hand das Kind, das sie umgebracht haben sollte, an das weinende Herz drückte. Das Geschäft des jungen Mannes wurde blühend. Er konnte es nicht unbedeutend erweitern, als ihm nach mehreren Jahren von den Gerichten unerwartet ein Vermächtnis ausgezahlt wurde, das ihm und seiner Frau ein Gograf Schirmer aus dem Münsterlande hinterlassen habe.

Über tredition

Eigenes Buch veröffentlichen

tredition wurde 2006 in Hamburg gegründet und hat seither mehrere tausend Buchtitel veröffentlicht. Autoren veröffentlichen in wenigen leichten Schritten gedruckte Bücher, e-Books und audio-Books. tredition hat das Ziel, die beste und fairste Veröffentlichungsmöglichkeit für Autoren zu bieten.

tredition wurde mit der Erkenntnis gegründet, dass nur etwa jedes 200. bei Verlagen eingereichte Manuskript veröffentlicht wird. Dabei hat jedes Buch seinen Markt, also seine Leser. tredition sorgt dafür, dass für jedes Buch die Leserschaft auch erreicht wird.

Im einzigartigen Literatur-Netzwerk von tredition bieten zahlreiche Literatur-Partner (das sind Lektoren, Übersetzer, Hörbuchsprecher und Illustratoren) ihre Dienstleistung an, um Manuskripte zu verbessern oder die Vielfalt zu erhöhen. Autoren vereinbaren direkt mit den Literatur-Partnern die Konditionen ihrer Zusammenarbeit und partizipieren gemeinsam am Erfolg des Buches.

Das gesamte Verlagsprogramm von tredition ist bei allen stationären Buchhandlungen und Online-Buchhändlern wie z. B. Amazon erhältlich. e-Books stehen bei den führenden Online-Portalen (z. B. iBookstore von Apple oder Kindle von Amazon) zum Verkauf.

Einfach leicht ein Buch veröffentlichen: **www.tredition.de**

Eigene Buchreihe oder eigenen Verlag gründen

Seit 2009 bietet tredition sein Verlagskonzept auch als sogenanntes "White-Label" an. Das bedeutet, dass andere Unternehmen, Institutionen und Personen risikofrei und unkompliziert selbst zum Herausgeber von Büchern und Buchreihen unter eigener Marke werden können. tredition übernimmt dabei das komplette Herstellungs- und Distributionsrisiko.

Zahlreiche Zeitschriften-, Zeitungs- und Buchverlage, Universitäten, Forschungseinrichtungen u.v.m. nutzen diese Dienstleistung von tredition, um unter eigener Marke ohne Risiko Bücher zu verlegen.

Alle Informationen im Internet: **www.tredition.de/fuer-verlage**

tredition wurde mit mehreren Innovationspreisen ausgezeichnet, u. a. mit dem Webfuture Award und dem Innovationspreis der Buch Digitale.

tredition ist Mitglied im Börsenverein des Deutschen Buchhandels.

Dieses Werk elektronisch lesen

Dieses Werk ist Teil der Gutenberg-DE Edition DVD. Diese enthält das komplette Archiv des Projekt Gutenberg-DE. Die DVD ist im Internet erhältlich auf **http://gutenbergshop.abc.de**

Zeitfracht Medien GmbH
Ferdinand-Jühlke-Straße 7
99095 Erfurt, Deutschland
produktsicherheit@kolibri360.de